O SEGREDO
DO BERILO AZUL
O CLUBE DO FALCÃO DOURADO

GLADIS N. STUMPF GONZÁLEZ

Pesquisa, organização, notas e posfácio:
LEONARDO NAHOUM

Copyright© 2024 Herdeiros de Gladis N. Stumpf González
Copyright© 2024 do posfácio e notas: Leonardo Nahoum

Todos os direitos dessa edição reservados à editora AVEC.

Nenhuma parte desta publicação poderá ser reproduzida, seja por meios mecânicos, eletrônicos ou em cópia reprográfica, sem a autorização prévia da editora.

Editor: Artur Vecchi
Organização, pesquisa, notas e posfácio: Leonardo Nahoum
Projeto Gráfico: Vitor Coelho
Ilustração de capa: Tibúrcio
Diagramação: Luiz Gustavo Souza
Revisão: L. N. Pache de Faria

1ª edição, 2024
Impresso no Brasil/ Printed in Brazil

Dados Internacionais de catalogação na Publicação (CIP)
(Câmara Brasileira do Livro, SP, Brasil)

G 643

González, Gladis N. Stumpf

O segredo do berilo azul / Gladis N. Stumpf González; pesquisa, organização, notas e posfácio: Leonardo Nahoum. – Porto Alegre : Avec, 2024. — (O Clube do Falcão Dourado)

ISBN 978-85-5447-193-4

Literatura infantojuvenil
   I. Nahoum, Leonardo   II. Título   III. Série

CDD 028.5

Índice para catálogo sistemático: 1. Literatura infantojuvenil   028.5
Ficha catalográfica elaborada por Ana Lúcia Merege — 4667/CRB7

Caixa Postal 7501
CEP 90430-970 — Porto Alegre — RS
contato@aveceditora.com.br
www.aveceditora.com.br
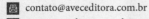 @aveceditora

O SEGREDO DO BERILO AZUL

O CLUBE DO FALCÃO DOURADO

GLADIS N. STUMPF GONZÁLEZ

Pesquisa, organização, notas e posfácio:
LEONARDO NAHOUM

Agradecimentos do organizador:

Este livro e este pesquisador têm uma dívida de gratidão enorme para com Rodrigo Stumpf González, por sua presteza e interesse neste resgate; para com Úrsula Couto (Ediouro), por sua imensa ajuda e boa vontade ao nos franquear acesso ao acervo do escritor em Bonsucesso; para com Artur Vecchi, da AVEC Editora, por compreender a importância deste histórico resgate; e para com minha família, pelo precioso tempo roubado.

Prefácio

por Rodrigo Stumpf González e irmãos

Gladis Normélia Stumpf González nasceu em Porto Alegre em abril de 1940, filha de Pedro Amandio, dentista, e Maria Horminda, professora primária. Formou-se na Escola Normal Primeiro de Maio e adquiriu o sobrenome González quando casou com Alberto em 1962. Em 1964 e 65, vieram os primeiros filhos, dois meninos. Formada em 1970 em uma das primeiras turmas do curso de Psicologia da PUCRS, escolheu a psicologia infantil como área de atuação.

Em 1972, trabalhando como psicóloga em diversas escolas e querendo incentivar a leitura, começou a divulgar os catálogos das Edições de Ouro, que eram como jornais divididos de acordo com as idades, que cada criança podia levar para casa e escolher os livros a serem pedidos por correspondência por toda a escola.

Tudo mudou em 1975. Alberto foi nomeado magistrado e fomos viver no interior, no que foi, ao longo da próxima década, uma sucessão de cidades: São Jerônimo, Butiá, Palmeira das Missões, Osório. Impossível seguir uma carreira profissional na psicologia mudando a cada dois anos.

Gladis, então, resolveu se dedicar à sua segunda paixão, a literatura. Os livros sempre fizeram parte da família, tanto os clássicos como os populares, desde o *Thesouro da Juventude* (com TH mesmo), que reproduzia contos e novelas dos autores mais célebres da literatura universal, a literatura infantil de Monteiro Lobato na edição da Editora Brasiliense, com desenhos do Belmonte, o Quixote e as obras dos irmãos Machado, trazidos da Espanha por Alberto, os romances de Agatha Christie, Rex Stout, Maurice Leblanc, Conan Doyle e Erle Stanley Gardner e os contos do *Mistery Magazine* de Ellery Queen.

A primeira incursão como autora foi um livro de fábulas, recontando contos da tradição oral que fizeram parte da sua infância. O contato natural foi com a editora com a qual havia trabalhado na divulgação da literatura infantil. Nasceu, assim, *Mestre Gato e outros bichos*.

O gosto pela literatura de mistério e aventura e a constatação de que esse era um espaço pouco explorado no país, com exceções como os *Hardy Boys* e as novas coleções publicadas pela Edições de Ouro, com autores brasileiros, como Ganymédes José, e traduzidos, como Pierre Lamblin e Astrid Lindgren, levou-a a propor novos livros.

A primeira criação era uma menina curiosa, Gisela (se pronuncia Guísela, a personagem fazia questão de chamar a atenção), acompanhada pelo seu cão, Prisco, que resolvia os mistérios na vizinhança. Para a época, uma jovem independente protagonista ainda não era comum.

A segunda série traz a experiência da psicologia infantil, a fase da pré-adolescência, em que os jovens (ao menos numa época anterior à internet) se agregavam em clubes e sociedades secretas. É fundado o Clube do Falcão Dourado (com uma homenagem indireta ao Falcão Maltês de Dashiell Hammett). O toque adicional foi dar a dois dos protagonistas os nomes dos dois filhos: Marco Aurélio e Rodrigo. Mesmo não se tratando de uma obra biográfica, a homenagem nos dava orgulho.

Morar no interior permitiu conhecer novos lugares, que se tornaram o ambiente para as aventuras. Enquanto Gisela vivia em Porto Alegre, a turma do Falcão Dourado viajava pelo Rio Grande do Sul.

Nossas viagens e o contato com a vida do campo gerou a inspiração para um terceiro grupo de personagens, onde a vida urbana se encontra com a vida no campo, gerando novas aventuras, na tradição do Sitio do Picapau Amarelo. Assim nasceram Chico e Faísca.

O lazer dos anos 1970 em nossa família dependia muito pouco da televisão. Não apenas pelos limitados cinco canais, nem sempre disponíveis, dependendo das condições atmosféricas. Viajávamos nos fins de semana para visitar e conhecer as cidades do entorno. Nesses passeios, passamos pelos cenários que se tornariam parte das futuras aventuras, como os prédios semiabandonados das antigas minas de carvão em Butiá e Minas do Leão, o entroncamento ferroviário de General Câmara ou a Lagoa dos Barros, entre Santo Antônio da Patrulha e Osório.

Nesse período, entre 1975 e 1979, foram escritos mais de 40 livros. Primeiro, numa antiga Remington manual e depois, com o investimento dos direitos autorais, numa IBM elétrica, que incorporava a possibilidade de trocar os tipos, permitindo dar ênfase a trechos com uma letra diferente. Sempre com uma cópia em carbono, para que, quando o original fosse para editora, uma cópia fosse preservada. Cópias fotostáticas (nem se usava o termo xerox) eram raras e caras. A edição do texto, quando algum trecho precisava ser mudado, era feita com tesoura e cola (literalmente, e não na forma virtual em que basta clicar no símbolo da tesoura e do pincel no computador). Como leitores privilegiados, ficávamos na espera que a folha saísse da máquina para ler a continuação da história, na medida em que era escrita.

Em 1979, a família aumentou, quando nasceu Ana Lúcia. E veio também o reconhecimento, com o convite para ser homenageada na Feira do Livro Infantil de Porto Alegre. Na época, esse era um evento separado da tradicional Feira do Livro da Praça da Alfândega, uma iniciativa da Biblioteca Lucilia Minssen. Ocorria no Parque da Redenção, mais ou menos na mesma época da feira tradicional.

O que deveria ter sido um dos melhores momentos da carreira de uma escritora foi infelizmente seu fim. As regras da feira exigiam que a editora oferecesse um desconto do preço de capa para as vendas efetuadas na Feira. A editora se recusou e não enviou livros. A tarde de autógrafos se limitou às crianças que trouxeram seus livros de casa.

O relacionamento com a editora se rompeu. Porém, os termos do contrato de cessão de direitos de edição impediam que novas histórias, com os mesmos personagens, fossem publicadas por outras editoras. Desiludida com o mercado editorial, Gladis deixou de escrever. Retomou antigos interesses, voltando a estudar francês, e encontrou na pintura uma nova paixão, à qual se dedicou nos anos seguintes, enquanto acompanhava o crescimento da caçula, alfabetizada pela leitura dos livros escritos pela mãe. Faleceu jovem, aos 53 anos, em decorrência de um câncer, sem a oportunidade de reavaliar uma carreira de sucesso que foi dos 35 aos 40 anos.

Durante alguns anos, a editora manteve os direitos de edição, publicando novos exemplares, sem nem ao mesmo informar a autora. Depois, abandonou a área da literatura infantojuvenil, dedicando-se às revistas de palavras cruzadas. Anos depois, fizemos contato com a editora sobre os direitos de edição e fomos informados da concordância em devolver à família os direitos de publicação. No entanto, as dificuldades envolvendo editar obras que precisam de uma revisão ortográfica geral e o envolvimento de cada um dos filhos com suas carreiras profissionais foi colocando a ideia sempre em espera.

Então em 2015 apareceu o Leonardo Nahoum. Enviou uma mensagem ao Rodrigo, perguntando se era parente da Gladis. Queria informações para sua tese. Estava resgatando autores infantojuvenis dos anos 1970. Foram várias mensagens trocadas ao longo de meses. Passou-se um tempo e o Leonardo trouxe outra ideia: fazer uma coleta pública de fundos e republicar algumas daquelas obras, há longo tempo fora das livrarias, que ele havia encontrado em sua pesquisa.

Ele localizou algo de que sabíamos vagamente da existência, mas com que nunca tínhamos tido contato direto: os últimos livros da série do Clube do Falcão Dourado, que estavam quase prontos para publicação em 1979 e acabaram ficando inéditos: *O Segredo do Berilo Azul* (que chegou a ser anunciado na época) e *O Segredo da Caravana Sem Rumo* (do qual sequer nos recordávamos da existência). Depois de tanto tempo, não tínhamos mais os originais, mas o Leonardo pacientemente havia fotografado as páginas para seu trabalho. À sua dedicação desinteressada à literatura e à obra de uma autora que não conheceu, somos imensamente gratos.

O primeiro resultado dessas aventuras está agora nas mãos do leitor: *O Segredo do Berilo Azul,* um livro escrito há mais de 40 anos que permaneceu inédito, e o começo do resgate da memória de uma escritora de talento, cuja saudade maior havia ficado circunscrita à família e aos que a conheceram em outra época. Esperamos que este seja apenas o início de uma nova jornada literária para Gladis e seus fãs e que outros livros venham logo fazer ao *Berilo Azul* companhia.

Marco Aurélio Stumpf González, Rodrigo Stumpf González e
Ana Lucia Stumpf González, filhos e primeiros leitores da autora
Fevereiro de 2023

Capítulo 1

— **O** carteiro passou e deixou uma carta na nossa caixa! — anunciou a voz de apregoador de Heloísa.

Foi uma corrida! Todos queriam chegar em primeiro lugar. Afinal, novidades eram raras no momento, eles ansiavam por qualquer coisa.

— De quem será? — conjecturava Júlio examinando o envelope branco cheio de carimbos.

— Olha o remetente — aconselhou Marcelo.

— Não tem. O fulano esqueceu. De quem será?

— Enquanto não abrires, a gente não vai saber! — reclamou Marco Aurélio, impaciente.

Júlio espiou contra a luz o envelope e rasgou a beiradinha. O grupo estava tão cerrado, que ele reclamou que estava sem ar.

— Lê e deixa de reclamações, senão tu já vais ver ficar sem ar — explodiu Heloísa.

Pausadamente, que ele não era de se atucanar, Júlio foi lendo. Era uma carta do primo Gustavo, de Lajeado. Aliás, ele não era bem primo, a mãe dele é que era uma prima meio longe.

À medida que Júlio lia, a turma foi ficando em silêncio. Os olhos corriam de uns para os outros e mil ideias começavam a surgir.

A carta de Gustavo contava uma coisa sensacional: em Lajeado, onde ele morava, estavam acontecendo coisas estranhas. Há mais de um mês que os muros apareciam pichados. E diziam sempre a mesma coisa.

"Há sempre uma frase — dizia ele na carta — e isto já está deixando todo mundo louco. Diz: FLOSI É MINHA NAMORADA". E acontece que a diretora de um dos nossos melhores colégios se chama Edite Flosi Smith. É a única mulher na cidade com esse nome. Vocês podem imaginar como ela está aborrecida, uma vez que D. Edite é uma solteirona de mais de 50 anos...".

A carta de Gustavo terminava convidando os primos para passarem uma temporada em sua casa e ajudarem-no a investigar. O primo era outro entusiasmado com histórias de detetives.

A carta caiu como chuva em terra seca. Todos vibraram! Era aquele período difícil logo depois do término das aulas. Não era ainda Natal, não era tempo de praia. Fazer o quê?

— A gente se sente todo enferrujado, depois de tantos meses sem reunir o clube! — reclamava Marco no primeiro dia do encontro.

Estamos em Lagoa Bonita, pequena cidade às margens do Rio Jacuí, no Rio Grande do Sul. Numa velha casa com sótão (ou torreão, como eles preferem dizer) se reúnem os irmãos Marco Aurélio (13 anos, mania de detetive, tesouros, piratas e confusões) e Rodrigo (um ano mais moço, magrão, com as mesmas ideias) e os primos Júlio (o mais velho do grupo, olhos azuis, óculos, companheiro para qualquer coisa), Marcelo (o menor, grande apreciador de bananas, mas não muito valente) e Heloísa (irmã dos dois últimos, mesma idade de Marco e maior concorrente à liderança deste).

Desta vez falta Dóris, a prima de 2º grupo,[1] a unha-e-carne com Heloísa. É que a mãe dela tem uma ideia sobre a conservação da saúde. Duas vezes por ano, quando terminam as aulas, Dóris passa por uma revisão geral, como um navio num estaleiro. Vai ao médico, ao dentista, ao ortopedista, etc. Por isso, ela ficou em Gramado, onde mora o resto da turma.

E aqui temos os componentes do Clube do Falcão Dourado, fundando há algum tempo ali mesmo, no torreão. Além do símbolo (um falcão de asas abertas e atitude atenta), eles têm um belo lema, criado por Dóris: INTELIGENTES, ASTUTOS E VIGILANTES. E seus objetivos são ajudar os outros, fazer justiça e arrumar aventuras. Se houver algum tesouro, tanto melhor!

* * *

A carta de Gustavo foi debatida vigorosamente. Cada um dava o seu palpite e queria fazer prevalecer a sua opinião. Numa coisa, porém, todos concordaram de saída: eles iam lá ajudar. Como é que iam convencer os pais daquela viagem é que era o mais difícil.

— Deixem comigo — disse Heloísa. — eu tenho um argumento fortíssimo!

E a menina voou em direção da cozinha, onde a tia fazia a janta. Tanto a garota encheu e argumentou que D. Lúcia acabou dizendo:

— Por mim não há problema, falem com o Roberto.

Mil e um argumentos depois, bem na hora do programa de esportes, um dos poucos favoritos do pai, os meninos conseguiram sua aprovação.

---

1 Nota do Org.: Com a expressão "prima de 2º grupo", Gladis parece estar se referindo a um parentesco de segundo grau. Embora não estejamos familiarizados com tal uso nem tenhamos conseguido localizar para ele outras ocorrências, preferimos manter o texto conforme o original.

— E agora me deixem ver os golos[2] da rodada e deem o fora! — disse ele bem azoado.[3]

Numa ciranda, esbarrando em tudo que era móvel, eles correram para seus quartos para prepararem as malas.

— Não esqueçam as escovas de dentes — recomendou D. Lúcia. — Cada vez que viajam, compram uma. Já temos uma coleção!

— Não esqueçam de passar um fonograma avisando da chegada — disse Heloísa. — Não gosto de desembarcar numa rodoviária e não ter ninguém me esperando.

Marcelo cochichou ao ouvido do irmão:

— Quer dizer que a Helô também vai? Eu pensei que ela voltava pra Gramado pra fazer companhia pra Dóris.

— Pois, pelo jeito, vamos ter o prazer de tê-la conosco! — resmungou Júlio.

Marco Aurélio examinava um grande mapa do Rio Grande do Sul que tinha na parede. Seu dedo percorria as linhas verdes das estradas asfaltadas, procurando imaginar o percurso até Lajeado.

— Vejam só — notou ele. — na verdade não estamos tão longe de Gustavo. Se a gente tivesse um barco, era só subir o Taquari. Lajeado fica na beira do rio Taquari. Perto de Estrela.

Rodrigo, que era o das informações, examinou um guia automobilístico e explicou sobre a cidade:

— Fica às margens do Taquari, a 199m de altitude do nível do mar. Bastante alto, hein? A distância é de 90km de Porto Alegre.

Mas o que mais empolgava o grupo era a perspectiva de uma boa investigação. Quantas vezes eles haviam partido de uma pequena pista e, graças à persistência, à teimosia, acabavam descobrindo tudo. Os vários troféus, alinhados numa pequena prateleira na rede do clube, provavam que eles haviam tido muito sucesso.

---

2 Nota do Org.: Mesmo que "gols".
3 Nota do Org.: Irritado, aborrecido.

— Não esqueçam os pregadores — lembrou Heloísa, colocando o seu (a figura de um falcão dourado) na gola da blusa. — Não podemos sair por aí sem o nosso símbolo.

A noite custou a passar. Eles ouviam o relógio da sala bater os quartos de hora, as meias horas, as horas inteiras, naquela musiquinha melodiosa. Mas o tempo se arrastava. Felizmente o cansaço os venceu e todos dormiram.

Era muito cedo quando D. Lúcia os sacudiu.

— Se querem pegar carona, aproveitem, pois o Roberto me disse que vai ter mesmo que ir a Porto Alegre buscar uns materiais.

Seria mesmo? Eles desconfiaram que era só camaradagem do "velho". Na semana anterior ele estivera na capital! Mas aceitaram a "colher de chá".

— É só nos deixar na rodoviária que a gente pega o ônibus pra Lajeado. O Gustavo vai estar nos esperando. E se não estiver, nós pegamos um táxi, eles moram perto do centro da cidade — dizia Marco no maior entusiasmo.

*   *   *

A viagem foi ótima. Entre exclamações de prazer, eles vislumbravam os campos verdes e as pequenas elevações cobertas de palmeiras e outras árvores. Aqui e ali um mato cerrado de acácia negra pertencente à TANAC, que extrai o tanino para curtir o couro. Depois as indicações da estrada: entrada para Taquari, entrada para Montenegro. A cidade de Estrela, apenas vislumbrada, pois a BR-386 passa em sua periferia.

Uma grande ponte, sobre o rio Taquari, e o ônibus fez o balão entrando na cidade. Na rodoviária, muito movimentada, eles avistaram Gustavo. Estava cada vez mais alto, puxando ao pai, o cabelo castanho mais crespo, sardas em volta do nariz e um sorriso de dentes graúdos. Vestia um incrível conjunto de brim, cheio de pespontos.[4] Estava tão duro de goma, que se notava à distância, que era novíssimo.

A seu lado, muito loira, de cabelo escorrido, franja e olhos azuis, estava Berta, sua irmã menor. Era baixa como a mãe e tinha a mesma tendência para ficar gordinha. Só que não fazia regime e seu jeans estava estalando.

— Que bom que vocês vieram! — saudou Gustavo assim que eles desceram. — Deixa que eu vejo as malas.

— A gente veio só com essas mochilas — disse Marco. — Podemos ir?

Heloísa já estava num animado papo com Berta, contando as últimas novidades. As duas falavam ao mesmo tempo e pareciam se entender muito bem.

— Incrível! — falou Rodrigo, arregalando os olhos. — A Helô conseguiu uma parceira tão faladeira como ela! Cruzes!

— Mas olha que a Heloísa precisa ser das boas pra concorrer com a Berta. A guria é fogo! — comentou Gustavo. — Olha, é por aqui — indicou a esquina. — A mãe pediu para não repararem na desarrumação da casa, mas ela está fazendo uma limpeza antes do Natal. Nós sempre recebemos visitas e...

— Escuta aqui, nós não vamos incomodar, hein? — interrogou Júlio, cauteloso. — Quem sabe a gente veio em má hora...

— É claro que não vamos incomodar — argumentou Marco muito decisivo. — Afinal, nós viemos para investigar. Vamos passar quase todo o tempo na rua. E falando nisso... Gustavo, como é que está o assunto da pichação, hein?

— Nem sabe, a coitada da Professora Edite até foi pra casa esta semana. Ataque de nervos. Uma comissão de professores foi ao Prefeito e ele escalou uma turma para limpar as frases dos muros. Mas pouco adianta, sabe? No dia seguinte tá tudo de novo. Sempre a mesma coisa: FLOSI É MINHA NAMORADA.

---

4 Nota do Org.: Pesponto é um tipo de ponto de costura que reforça a marcação na roupa.

— E que foi que tu já descobriste? — inquiriu Rodrigo.

— Bom, pouca coisa, viu? As aulas terminaram há 3 dias. Eu ainda fiquei de recuperação em Matemática. Mas do que eu pude apurar, ninguém sabe nada. A coisa é feita de noite. Aí eu me lembrei que juntando as forças a gente podia resolver esta parada. Então escrevi a vocês.

Heloísa e Berta iam um pouco mais atrás. O assunto era o mesmo. E a prima explicava:

— Aí, como nós dois não conseguimos nada, eu me lembrei de convidar vocês. Escrevi a carta e...

— Ué, mas a carta não foi do Gustavo? — estranhou Heloísa.

— Ele assinou, mas quem escreveu fui eu. Ele não é muito de escrever. Eu fiz a carta e ele assinou. Não sabia que tu estavas lá, senão teria escrito diretamente pra ti.

Heloísa sorriu, encantada.

— Deixa só os velhos Falcões saberem disto! Na primeira oportunidade eu lhes explico de quem foi a iniciativa.

20

Capítulo 2

A recepção de tia Brunilde foi calorosa. Abraçou de um por um e deu as boas-vindas. Acomodou os meninos no quarto do sótão, junto com Gustavo. Heloísa ficou com Berta.

— E para comemorarmos a chegada de vocês, hoje podem pedir o cardápio da janta — disse a dona da casa.

Muito loira, como a filha, baixinha e com tendência para engordar, ela vivia em regimes e comia doces alternadamente. Na verdade era uma prima longínqua, por parte dos Baussen, de Gramado. Mas era mais cômodo chamá-la de tia e ela aceitava assim.

— Como está o tio Willi? — perguntou Júlio. — Ainda faz muitas maravilhas na oficina de lapidação?

— Com os anos, ele vai ficando cada vez mais artista — disse a mulher, sorrindo. — Agora temos também o Oto, meu irmão, que mora conosco. Tirou um curso de lapidação na Alemanha e trouxe mais inovações.

E Júlio explicou, aos curiosos primos, que tio Willi era lapidador de pedras preciosas. Fazia maravilhas com as ametistas, oriundas ali mesmo de Lajeado.

— Qualquer dia desses vamos pedir ao tio Willi pra visitar a oficina. Eu quero ver essas maravilhas — decidiu Heloísa.

— Mas e a janta? — insistiu tia Brunilde.

— Pode ser café e pão. Nós somos de pouca coisa — disse Marco, impaciente para entrar em ação.

Os demais riram, uma vez que ele era dos mais comilões.

— Vou pelo café também — disse Rodrigo. — Eu como de tudo.

Outra vaia. Rodrigo era dos chatos. Não gostava de nada. Feijão? Detestava. Peixe? Nem ouvir falar.

— Por isso ele é magrão assim, viu, tia? Mas não é a mãe que o mata de fome. É que ele vive escolhendo.

— Bem, então será café acompanhado. Para mim até é melhor. Tenho muito o que fazer — disse a dona da casa.

A turma voou escada acima e acomodou-se no quarto dos meninos. A porta foi cuidadosamente cerrada. Não queriam abelhudos.

— E agora contem tudo o que sabem — decretou Marco. — Não deixem nenhum detalhe. Tudo é importante.

Berta e Gustavo começaram a falar ao mesmo tempo. Cada um procurava falar mais alto para ser entendido. O Falcão Encrenqueiro (velho apelido de Marco, por motivos óbvios) ergueu a mão e pediu silêncio.

— Uma coisa que vai ter que ser explicada desde o início — disse ele. — Vocês vão ser Falcões agregados, vão usar o distintivo do Clube e vão o-be-de-cer as regras do grupo. Certo?

A dupla concordou. Heloísa desencavou do bolso as figurinhas dos Falcões e entregou a cada um. O momento era solene. Eles não davam aquela distinção a qualquer um.

— Muito bem, agora fala um de cada vez. Tu, Berta, que pareces estar tão ansiosa — troçou Marco.

A menina passou-lhe uns olhos feios, mas contou o que sabia.

— Faz mais de um mês que aparecem estas frases nos muros. Sempre em tinta azul-escuro. A pessoa, ou as pessoas que picham, dão preferência a muros brancos. A gente vê de longe.

— E que mais? — insistiu Júlio. — Algum detalhe?

— A Prefeitura tem mandado limpar os muros. Afinal, a diretora é uma pessoa importante na cidade. Não pode ser ridicularizada. Foi o que o Prefeito declarou. Mas é só limpar de dia, que de noite alguém vai lá e picha outra vez. É um trabalho inútil.

— E não se lembraram de botar alguém pra cuidar? — perguntou Rodrigo.

— Ah, botaram, sim — disse Gustavo. — Mas não podem vigiar em toda a parte. Sempre tem um lugar que fica sem guarda. E ali aparece a frase.

Berta ainda lembrou de um detalhe:

— E o S de Flosi aparece sempre virado. Como se a frase fosse escrita por alguém que não sabe muito português. Uma pessoa ignorante.

— Isso pode ser despiste — argumentou Marco. Bom, já sabemos o essencial. Vamos sair em campo. Temos que descobrir este pichador. Nem que tenhamos que montar guarda em toda a cidade. E acho que a primeira providência é falar com a Professora Edite. Gustavo, tu vais nos levar lá e apresentar a ela.

O primo não gostou muito da incumbência. Protestou.

— Vocês não conhecem D. Edite. Ela é fogo! Da velha guarda. Não gosta de jovens metidos, de pouca educação, de gente que fala mal a gramática... Eu acho que ela não vai querer nos receber.

A turma olhou-o de modo terrível. Ele encolheu-se receoso. Mas o medo da autoritária Edite foi maior. Continuou a achar que não podiam ir incomodá-la.

— Então, a Berta vai — disse Heloísa. — Afinal, o resultado será o mesmo.

Os meninos não gostaram muito e Júlio anotou mentalmente para dar uma xingada bem boa em Gustavo na primeira oportunidade. Um Falcão não fugia às responsabilidades. Bem, ele era apenas um agregado, e isto salvava a honra do clube.

Aquela era uma cláusula que dava pano para muita manga. Os quatro fundadores, Marco, Rodrigo, Júlio e Marcelo, consideravam-se sócios efetivos. Todos os que vieram depois eram sócios agregados. Se um agregado fizesse um ato heroico, poderia ser admitido como efetivo. Mas eles nunca achavam que os feitos eram bons o bastante. Heloísa e Dóris, como agregadas, viviam debatendo aquilo.

*   *   *

A casa da professora ficava perto. O grupo parou em frente, observando. Era uma velha casa de alvenaria, mas muito cuidada. O muro de granito cinza, o jardim com gramado, canteiros com flores. A um lado, o tradicional pinheiro das casas germânicas. A casa estava pintada de um amarelo pálido e as janelas num marrom escuro. Tudo limpo, cuidado nos mínimos detalhes.

— Quem é que vai? — perguntou Berta, com a mão no portão.

— Ué, vamos todos, é claro — disse Heloísa.

— Mas não seria melhor vir um só comigo? Acho que D. Edite não vai gostar.

— Vamos todos — decidiu Marco. — Somos um grupo, portanto não podemos nos dividir. Tu nos apresenta e deixa o resto comigo.

Com certo receio, Berta e Gustavo precederam os primos. A campainha retiniu lá dentro. Pouco depois a porta abriu-se e apareceu uma mulher de meia idade, muito magra e pálida. Um impecável avental branco com crochê na beira.

— O que querem? — perguntou ela, num nítido sotaque de quem falava alemão a maior parte do tempo.

— Queremos falar com D. Edite — falou Berta um pouco intimidada.

— D. Edite está repousando. Não pode receber.

— Mas nós precisamos falar com ela — disse Marco, procurando ser convincente. — É muito importante. Se não fosse, não íamos incomodá-la.

— Vou ver.

A porta foi cerrada cuidadosamente no nariz da turma. Esperaram em silêncio olhando em volta o pátio, as flores, um velho banco de tabuinhas embaixo do pinheiro.

A porta tornou a abrir-se e a magra criatura fê-los passar. Uma pequena sala com tapete, poltronas e almofadas de crochê coloridas. Na mesinha do canto, um vaso com rosas.

— Sentem. Dona Edite já vem.

Alguns minutos e a diretora apareceu. Cada um dos Falcões havia construído na imaginação a imagem da professora. Nenhum deles estava preparado para vê-la como era na realidade.

Nada da solteirona de cabelo puxado, vestida de cinza, com grossos óculos de aros pretos. Nem da mulher muito gorda, que compensava a solidão de sua vida com uma mesa farta.

D. Edite era simpática. O cabelo cor de trigo maduro levemente crespo, curto. O vestido de malha cor-de-rosa bem moderno. E o rosto, já cinquentão, mas ainda bonito. A pele muito branca e os incríveis olhos grandes, castanhos, com enormes pestanas.

A voz era doce, embora num tom de autoridade, pelo hábito de mandar.

— Queriam falar comigo? Oh, são vocês, Berta e Gustavo? Quem são os seus amigos? E o que querem de mim?

Com uma voz um pouco insegura, Berta apresentou os primos. Aí Marco olhou os companheiros, sentiu a aprovação e passou a dominar a situação.

O Segredo do Berilo Azul

— D. Edite, nós estamos aqui para ajudar a senhora.

— Ajudar-me? — o tom era levemente divertido.

— É, sim. Nós soubemos que estão fazendo uma coisa terrível com a senhora. Isso de escreverem frases com o seu nome. Nós queremos ajudá-la a solucionar o problema.

O ar de simpatia e compreensão desaparecera. Edite fechara a carranca professoral, famosa para os maus alunos do colégio.

— Acho que não pedi a ajuda de ninguém.

— Não. Isto é verdade. Mas nós queremos auxiliá-la a resolver isto. Compreendemos o quanto deve lhe ser difícil ver o seu nome pintado pelos muros da cidade.

— E por que motivo vocês é que querem solucionar isto?

Os Falcões não gostavam de falar no Clube. Aquilo era secreto. E se ficavam divulgando, bem, perdia a graça. Mas agora era uma ocasião em que precisavam contar. Sentiam que D. Edite não ia colaborar se não fosse tudo bem explicadinho.

Não foi fácil. Até se podia dizer que D. Edite dificultava ao máximo a tarefa deles. Marco Aurélio sentia a tentação de explodir, mas precisava manter a calma. Mostrar-se educado. Falar com correção.

Quando falaram no Clube e suas finalidades, a professora fez um ar de troça e comentou:

— Ah, sim, detetives amadores, não?

Quando eles contaram, por alto, alguns feitos da turma e como haviam solucionado problemas bem complicados, ela falou:

— E vocês então acham que poderão vencer onde outros falharam. Muitas pessoas, aqui na cidade, procuraram resolver esse problema. Nenhum teve êxito. Por que vocês teriam?

— Talvez seja uma questão de método, professora — lembrou Rodrigo.

— Ou de inteligência, sem menosprezar os que já procuraram ajudá-la — lembrou Júlio.

Edite passou a mão pela testa, dando mostra de cansaço. Devia estar lutando desesperadamente com aquela notoriedade. Apreciava a vida calma, a vida obscura de abelha trabalhadora. E agora era o assunto de toda a cidade.

— Muito bem — disse ela de repente. — não vejo por que vocês não teriam êxito onde outros falharam. Já estou por tudo. Vocês têm uma semana para resolver o assunto. Escrevi a uma agência de detetives da capital. Em uma semana terei a resposta. Ou talvez um dos detetives na porta. Se até lá vocês não tiverem a solução, os detetives especializados tomarão conta do caso. Assim não é possível continuar. De momento eu sou digna de pena. Mas em breve serei motivo de troça. E eu não suporto isso. Eu terei que mudar-me de cidade.

As forças a abandonaram e D. Edite cobriu o rosto com as mãos. Berta e Gustavo estavam boquiabertos. Era a primeira vez que viam a diretora nessa atitude. Ela era sempre uma líder!

— Nós haveremos de resolver isso! — decidiu Marco batendo o punho fechado na outra mão. — Não podemos falhar. Dona Edite merece que tudo seja solucionado e estas brincadeiras de mau gosto terminem.

— Mas por onde nós vamos começar? — perguntou Marcelo numa voz tímida.

Eles precisavam botar toda a sua experiência para funcionar. Aquele era um caso em que não podiam falhar.

Capítulo 3

Autorizados a investigar, os Falcões começaram a pesquisa com método. Afinal, não era a primeira vez. Desde *O Segredo do Torreão*, quando nascera o Clube do Falcão Dourado, eles já haviam vivido várias aventuras empolgantes. E, na maioria das vezes, eram bem sucedidos. Por que não desta vez?

— Nós precisamos fazer algumas perguntas, professora — disse Júlio de bloquinho na mão.

— Se eu puder responder — disse ela, já refeita das emoções.

— Uma coisa que eu estive pensando desde que... — Marco interrompeu-se. Não queria falar na carta de Gustavo. — Bem, a senhora tem certeza que é a única pessoa com o nome de Flosi? Afinal, a cidade é grande. Pode haver alguma moça com esse nome. O namorado pode ter resolvido fazer uma campanha.

D. Edite sacudiu a cabeça.

— Lamento, mas essa ideia também me ocorreu. Pesquisei entre os amigos e os alunos. Depois, para confirmar, fui até o Cartório de Registro Civil. Por aqui não há nenhuma Flosi. A não ser eu. A campanha é destinada a mim. Infelizmente — concluiu com um suspiro.

Os Falcões se entreolharam.

— Outra coisa — falou Rodrigo. — se a senhora se chama Edite, e o seu segundo nome é que é Flosi, quem é que a chama de Flosi? Eu só vi todos chamarem-na de Professora Edite, Dona Edite...

A Diretora pensou durante algum tempo.

— Não me ocorre ninguém, meninos. Uma pessoa me chamava de Flosi. Era meu pai. Foi ele que escolheu esse nome para mim. Mas papai já faleceu há muitos anos.

Parou uns instantes pensativa, os olhos perdidos recordando velhos tempos. Depois sacudiu a cabeça, como se quisesse espantar os fantasmas das recordações.

— Mais alguma coisa?

— Eu fico pensando, D. Edite, que esta campanha visa uma publicidade negativa. Uma espécie de ridicularização. A senhora tem inimigos? — perguntou Heloísa.

— Conhecidos, não. Dou-me com todos na cidade. Estou aqui há quase 30 anos. Vim mocinha, recém-saída da Escola Normal. E aqui fiquei. Meus primeiros alunos trazem-me hoje, pela mão, seus filhos. Não creio que tenha inimigos.

Berta e Gustavo apressam-se a confirmar.

— Todos querem bem a D. Edite. Ela é rigorosa com a gente, mas é para nosso próprio bem.

Outro impasse. Seria tão fácil atirar o problema para as costas de alguma desavença entre vizinhos, ou com pais de alunos. Mas não era esse o caso.

Heloísa tornou a intervir.

— Então, D. Edite, eu fico pensando no contrário da minha pergunta. Desculpe perguntar, mas a gente está investigando. A senhora tem algum admirador?

A professora riu.

— Não, garota, não tenho. Sou uma solteirona e já assumi o meu papel. Dediquei-me a meus alunos, que são como os filhos que não tive. Não me casei. Houve, certa vez em minha vida, um problema sentimental. Mas não deu em nada. E não foi aqui. Foi antes de eu vir morar em Lajeado.

Algumas perguntas, de menor importância, surgiram ainda. Mas eles perceberam que pelo lado de D. Edite não conseguiriam nada.

Desanimados, despediram-se prometendo fazer tudo o que estivesse a seu alcance para solucionar o assunto.

— Desejo-lhes muito êxito — disse a professora da porta, acenando-lhes.

Arrastando os pés, foram voltando para casa. Escurecia. Berta e Gustavo iam até um pouco emburrados. Teriam eles esperado que os Falcões fizessem milagres?

Ao entrarem em casa foram saudados por tio Willi, que saía do banheiro secando as mãos.

— Como é, muito entusiasmo? — perguntou ele. — Eu já soube que vocês andam pesquisando sobre aquelas frases. Coitada da Edite. Não merece que façam isso com ela. É meio rigorosa e tal, mas é boa pessoa.

— Willi, a toalha é do banheiro! — reclamou tia Brunilde. — Que mania! Não aprende nunca. Vamos, mocinhos, tratem de lavar-se. Berta, Heloísa, ajudem a botar a mesa.

Confidencialmente, tio Willi inclinou-se e cochichou para os meninos:

— Preciso de uma paciência com esta minha mulher...

— Senhor Willi! Eu tenho muito bons ouvidos! — reclamou ela, acrescentando em alemão uma frase que o fez rir.

Lajeado é cidade de colonização alemã. E o povo conserva o hábito de falar o alemão misturado ao português. Ensina-se, inclusive, as crianças desde pequenas. Primeiro o alemão, que é o mais difícil. Quando se aproxima a idade escolar, fala-se o português. Mas o sotaque carregado muitas vezes permanece.

Estavam todos famintos. A tarde passara em investigações e não tinham feito lanche. Correram à mesa, que estava com uma aparência de dar água na boca.

Pão salgado, feito em casa, pequenos pãezinhos de massa doce sovada, queijo, nata, salsichas, ovos cozidos. Um pote com mel, outro com geleia de frutas. Café, leite ou chocolate. E um lindo prato com alface fresquinha, colhida na horta caseira.

— Puxa, só de ver tudo isto eu já me sinto como um lobo. Tenho uma fome! — exclamou Marco Aurélio, sentando-se.

Quando todos se acomodaram, entrou um homem baixo. O cabelo grisalho cortado curto e bem penteado, com grandes suíças que desciam além das orelhas.

— Oto! Sempre atrasado! — reclamou tia Brunilde. — Olha, tu não conheces...

Fez as apresentações dos garotos. De longe, Oto inclinou-se com cerimônia e foi dizendo:

— Muito prazer, Marco Aurélio. Muito prazer, Júlio...

Ao chegar em Heloísa repetiu a frase. Berta sentava-se junto da prima. O dedo nodoso de Oto indicou a sobrinha e sua voz rouca e alta perguntou:

— E esta mocinha?

Aquilo devia ser uma brincadeira familiar, pois tia Brunilde nem pestanejou:

— Esta é Berta e o seguinte é Gustavo. Meus filhos e de Willi e teus sobrinhos.

Oto inclinou-se com a mesma cerimônia.

— Muito prazer, Berta. Muito prazer, Gustavo.

Os Falcões riram-se e ele os olhou muito sério. Os meninos sentiram que iam apreciar muito aquele velhote simpático.

A refeição correu alegre. Todos tinham apetite, mas entre uma fatia e outra de pão aproveitaram para interrogar tio Willi sobre a lapidação de pedras.

— Qualquer hora deem uma chegada lá na oficina — disse ele. — Não tem como olhar. Há mesmo coisas muito bonitas por lá. O Oto, então, faz maravilhas. Conta pra eles, Oto, do colar da princesa.

Oto fez-se de rogado. Mas, depois de muita insistência, ele estava era mesmo só fazendo onda, pois estendeu-se entusiasmado sobre um trabalho que fizera há um ano atrás.

— Era encomenda, para o casamento de uma princesa europeia. Tinha que ser um colar de ametistas bem escuras. Foi difícil de conseguir, pois as ametistas são umas chatas! Quando a gente quer elas bem escuras, só aparecem das claras.

— Mas no fim conseguiram? — perguntou Heloísa. — Gozado, ametistas para um casamento. Acho que diamantes ou pérolas são o mais indicado.

— Ah, mocinha, o romantismo ainda existe — comentou tio Willi. — O noivo da princesa queria homenageá-la com as ametistas porque ela tem olhos cor de violeta!

Um *Oh!* dos Falcões deixou os dois lapidadores muito satisfeitos.

Mais tarde, enquanto as meninas ajudavam tia Brunilde a arrumar a cozinha, os meninos cercaram os dois homens de perguntas. Tio Willi ria e acabou desafiando os detetives a resolverem o caso.

— Coitada da Edite! Ela não é das piores, se não fosse tão enérgica.

— Ela faz muito bem — gritou tia Brunilde lá da cozinha. — Estas crianças precisam ser bem orientadas para não fazerem bobagens depois de grandes. É de pequenino que se torce o pepino.

Os meninos voltaram à carga:

— Nós perguntamos, tio Willi, mas D. Edite disse que não tem inimigos. Será que não tem mesmo? Às vezes a pessoa nem sabe — comentou Júlio.

— Hum, e não tem mesmo. Edite é boa pessoa. Eu já pensei muito mas não consigo saber quem é que está fazendo esta malandragem com ela.

— E o senhor, tio Oto? Não tem nenhuma ideia? — perguntou Rodrigo aproximando-se.

Oto fazia palavras cruzadas com um toco de lápis no jornal do dia. Ergueu os olhos e fez:

— Hum?

— O senhor não tem ideia de quem anda pichando os muros de azul com o nome da diretora? — tornou o menino.

— Hum-hum. Aliás, eu conheço D. Flosi? — perguntou o velhote virando-se para o cunhado.

— Claro que conhece, Oto. É aquela senhora que toca órgão na igreja. Eu já te mostrei.

— Ah, sim. Aquela velhota de cabelo cor de milho? Sei. Não, eu não tenho ideia, meninos. Coitada, não é? Eu também não gostaria de ter meu nome por aí. Vocês querem descobrir quem é?

— Nós estamos tentando, tio Oto — disse Marcelo.

A mão de Oto aproximou-se da orelha do menino.

— Que é que você tem aí na orelha, garoto? Puxa! Mas que menino, esse que não lava as orelhas. Vejam o que eu achei na orelha dele!

Num movimento muito rápido, a mão de Oto voltava. Palma para cima. E bem no meio... um bombom. Marcelo apanhou-o muito ligeiro e riu.

— Truques, hein, tio Oto?

— Pode ser — disse ele com bom humor. — mas eu não consigo me lembrar como era o nome da cidade onde nasceu Abraão. Quem é que me diz?

Foram ajudá-lo a terminar as palavras cruzadas. Bem mais tarde, já se acomodando para dormir, de escova de dentes na mão esperando a vez, Marco Aurélio teve uma ideia. Sacudiu o companheiro da frente, que era Júlio.

— Tive uma ideia para amanhã. Pode ser que dê alguma pista. Êta casinho intrincado! Ninguém sabe de nada!

— Que ideia?

— Onde é que a pessoa compra tinta azul? Hum? Vamos percorrer as ferragens. Já vi que há muitas. A gente se espalha e...

— Vão demorar muito? — perguntou uma voz.

Viraram-se. Tio Oto, com uma toalha pendurada no braço, estava atrás. Embaixo do outro braço trazia um livro.

— Nós já vamos, tio Oto. O que está lendo?

— Tu é o... não diz, deixa eu me lembrar... o Marco. Acertei? E este outro, de óculos e olhos cor de berilo é o Júlio. Bem, não estou com tão má memória. O que estou lendo? Coisa boa! *O cão dos Baskerville*... Sherlock!

— Ah, então o senhor é dos nossos — falou Marcelo saindo do banheiro. — Nós temos uma coleção de romances policiais. Qual é o seu personagem favorito? Eu gosto de Hercule Poirot, de Agatha Christie.

— Eu gosto de Sherlock Holmes e do Nero Wolfe, o detetive das orquídeas — disse Oto.

E a conversa à porta do banheiro se estendeu durante algum tempo, com a turma falando sobre os detetives famosos e seus autores. É tão bom encontrar almas gêmeas, que apreciem as mesmas leituras!

Capítulo 4

Um trinado insistente acordou os garotos. Suspirando, viraram-se para o outro lado, puxando as cobertas. Mas o piu-piu continuava muito alto. Marcelo, que tinha os melhores ouvidos do grupo, sentou-se na cama e coçou o cabelo.

— Que é isso que atrapalha o sono da gente? — resmungou ele.

Gustavo saltou da cama e foi procurar os chinelos.

— É o canário belga da mãe. Tem o hábito de cantar de manhã. Sempre me acorda. Não preciso de despertador.

— Que piozinho chato! — grunhiu Júlio buscando seus óculos.

— Não diz isso pra mãe — recomendou o primo. — O Trovador é premiadíssimo! Tem várias medalhas de ouro. Participa de tudo que é exposição.

A conversa acabou por acordar todos. Ao verem as horas, horrorizaram-se. Era tão tarde assim? Também, haviam dormido tarde pois o papo com tio Oto sobre histórias policiais passara de meia-noite.

Enquanto Marco Aurélio fazia sua ginástica diária, para não perder a forma dos treinos de judô (nunca se sabe quando se vai precisar), os outros lavaram-se e trocaram de roupa. A coleção de camisetas de malha trazia coloridos variados. No peito de cada um, a figurinha do Falcão.

Após um café suculento, dispuseram-se a sair em busca de alguma pista. Abriam a porta da cozinha quando tia Brunilde perguntou:

— Querem algo especial para o almoço?

De barriguinha cheia, quem é que pensava em almoço? Relutantes, voltaram para alguns palpites:

— Feijão com linguiça, ovo estrelado e arroz — sugeriu Júlio, pois era a sua comida favorita.

— Massa com bifes à milanesa — disse Marco Aurélio.

— Pastéis — gritou Gustavo.

— Eu não gosto de feijão! — reclamou Rodrigo.

— Então sugere alguma coisa, sô! — reclamaram os outros.

Os olhos brilharam quando ele sugeriu, malicioso:

— Joelhos de cobra! Com salada verde — acrescentou.

Por fim, a dona da casa arrependeu-se por ter perguntado. As sugestões eram tantas, que dava para fazer um livro de receitas.

Despachou-os dizendo que ia pensar e fazia o que lhe desse na telha.

O bando desceu a rampa em direção ao portão. Na calçada, com caras assombradas, estavam Berta e Heloísa. Assim que eles saíram à rua, elas apontaram o muro.

Recentemente pintado de branco, ele ostentava as palavras já famosas: FLOSI É MINHA NAMORADA. Com o S virado.

— Mas até no nosso muro? — reclamou Gustavo. — Quando eu penso o que eu suei para pintar essa porcaria!

— Mas ganhou para isso — recordou Berta. — Puxa, eu fico pensando que, se a gente tivesse feito plantão, teria visto o pichador em ação.

— Ninguém podia adivinhar — falou Marco. — Bom, vamos em frente, Falcões. Vamos pesquisar quem é que andou comprando tinta azul-escuro ultimamente.

— Nós também vamos — esclareceu Heloísa, saltitante.

Os meninos fecharam a cara. E declararam que a pesquisa era deles. Marco até acrescentou, para informação da indignada Heloísa:

— Foi o Gustavo que nos convocou para a investigação.

A prima ferveu. Aquela mania de prepotência dele sempre a deixava quente. Controlou-se apenas o suficiente para fazer um sorriso e largar uma informação de pequena importância:

— Não foi o Gustavo que teve a ideia e muito menos escreveu a carta. Foi a Berta!

Os quatro fundadores do Clube arregalaram os olhos. Iam protestar. Mas a aparência murcha de Gustavo disse tudo.

— Não foste tu que escreveste aquela carta, Gustavo? — rosnou Marco Aurélio entre dentes.

A cabeça castanha de cabelos crespos sacudiu-se de lá para cá, numa resposta muda.

Se pudessem picá-lo em pedacinhos miudinhos, eles o teriam feito. Fazê-los passar aquela humilhação!

Heloísa deixou por aquilo mesmo. Não queria forçar a situação para não haver problemas maiores. Segurando Berta pela mão, ela adiantou-se alguns passos anunciando por cima do ombro:

— Nós vamos para a esquerda e vocês vão pela direita. Ao meio-dia, nós nos encontramos aqui mesmo e trocamos informações.

O Segredo do Berilo Azul

Gustavo levou uma descascada em regra assim que as meninas dobraram a esquina. Ele mal se defendia.

— Eu não gosto de escrever cartas.

— Pedisse a algum amigo, pombas! — reclamava Júlio enquanto secava os olhos azuis, que ardiam quando ele ficava nervoso.

Mas eles não eram de chorar em cima do leite derramado. Tocaram em frente. Passaram a zona comercial a pente fino. Não houve loja ou armazém em que eles não entrassem perguntando se alguém comprara tinta azul-escuro.

Alguns dos comerciantes até percebiam o porquê da pesquisa.

— Vocês estão procurando saber quem é que anda fazendo aquelas frases pra diretora, não é?

O esforço, porém, deu em nada. Na hora do almoço, aproximando-se de casa, chegaram à conclusão que não haviam descoberto coisíssima nenhuma.

As duas meninas os esperavam em frente do portão. Pelas suas caras triunfantes, os garotos viram que elas tinham alguma novidade.

— Podem ir contando, que nós não achamos nada — explicou Rodrigo ao se aproximarem.

— A primeira coisa é que o pai vai querer que o Gustavo raspe e pinte outra vez o muro — disse Berta.

O menino protestou violentamente.

— Pra esse maluco pintar a frase outra vez? Eu não.

— O pai disse que não quer essa frase aí. Te arruma.

— Então eu vou pintar, mas eu monto guarda com um pau. Ai daquele que se aproximar com um pincel! — gritou Gustavo.

Solidários, os Falcões prometeram ajudá-lo.

Depois foi a vez da novidade de Heloísa. Sacudindo o rabo de cavalo e dando com as mãos, ela anunciou:

— Nós achamos alguém que comprou tinta azul e umas bisnagas de azul-noite!

— E quem foi? — perguntou Júlio desnecessariamente, uma vez que ela não ia deixar de falar.

— Já temos o endereço. Foi uma sorte a ferragem ter o costume de anotar no talão o nome e o endereço do comprador. Depois do almoço nós podemos ir até lá. Mal posso esperar!

O almoço estava apetitoso, mas eles mal tocaram, para escândalo de tia Brunilde, que passara a manhã na cozinha. Mas quem é que tinha fome com aqueles problemas todos?

Tio Oto procurou animá-los fazendo algumas brincadeiras com o guardanapo, que conseguia transformar em galinha, coelho e outras formas. Mas ninguém estava para graças.

— Estou fazendo um broche de ágata muito bonito — disse tio Willi. — Tem várias cores nas estrias. Já estou no polimento. Se quiserem vê-lo, apareçam. Talvez vocês não saibam, mas o Brasil é o maior produtor de ágatas.

O assunto não despertou maior interesse. Apenas Júlio lembrou-se de perguntar:

— Ontem o tio Oto disse que os meus olhos tinham cor de berilo. O que é isso, hein?

— O Oto tem esta mania de empregar termos difíceis — disse tio Willi rindo. — Berilo é uma pedra semipreciosa. Silicato de berilo e de alumínio. Quando é azul são as águas-marinhas.

— Ah, água-marinha eu conheço — disse Júlio. — São azuis. Como os meus olhos são azuis...

— Há também berilo rosa, que chamamos morganita, e também a esmeralda, que é verde. Não há muitos berilos no Brasil. Vocês conhecem a história do Caçador de Esmeraldas? Fernão Dias Paes Leme, que procurou em Minas as esmeraldas e acabou morrendo. Só encontrou turmalinas, um silicato verde, semiprecioso.

Tio Oto meteu-se no assunto falando também dos berilos. Até lembrou, com ar saudoso:

— Fiz uma vez um broche muito bonito em água-marinha muito azul. Dei para alguém que eu achei que merecia.

— E daí, tio Oto? — incitou Heloísa, que era uma romântica incorrigível.

— Hum, deixa pra lá, como vocês dizem. Não é bom sacudir as poeiras dos séculos. Ei, esse pêssego eu estava reservando pra mim desde o início. Eu adoro maracotão.[5]

— Tenho mais, não precisam brigar — disse tia Brunilde, erguendo-se para buscar mais dos lindos pêssegos que colhia no fundo do quintal.

*　　*　　*

— É aqui o nº 203 — disse Heloísa, consultando um papel. — O sujeito se chama Sérgio.

Chamaram no portãozinho de madeira e um grande cão latiu e aproximou-se com ar feroz. Eles não se atreveram a entrar.

Um rapaz alto e magrão aproximou-se.

— O que é?

— Queremos falar com o sr. Sérgio — disse Heloísa, que vinha comandando a expedição.

— Sérgio sou eu.

A revelação deixou-os um pouco indecisos. Por que aquele jovem, que teria no máximo 15 anos, estaria pichando os muros com uma frase romântica endereçada à diretora cinquentona?

Foi aí que Gustavo o reconheceu.

— Ei, mas esse aí é o Sérgio do 2º grau. Ele joga no time de vôlei da escola.

— E daí? — perguntou o rapaz, que não estava entendendo nada.

---

5 Nota do Org.: Espécie de pêssego, fruto do maracoteiro.

As explicações pareciam óbvias ao grupo. Se Sérgio era da escola, podia ser que tivesse se desentendido com a Professora Edite. E, para se vingar, saíra escrevendo frases por aí pela cidade.

— Ele parece pacato — admitiu Marco Aurélio.

— Águas paradas, águas profundas! — sentenciou Rodrigo.

— Olhos juntos podem ser indício de teimosia — analisou Marcelo, que andava com a mania de analisar fisionomias.

E com tudo isso, Sérgio estava ali. Paciente, até cruzara os braços, aguardando que o comício terminasse.

Mas aquela turma de sete indivíduos examinando-o, como se ele fosse um espécime raro em estudo, acabou por aborrecê-lo.

— Afinal, qual é o problema, hein? Estão querendo me gozar ou o quê, hein? Olha que o Rombudo é brabo!

Para testemunhar o fato, Rombudo, o grande cão, bocejou mostrando uns dentes respeitáveis.

— É o seguinte... — decidiu-se Heloísa.

Mas suspirou e olhou em volta, buscando coragem.

— Pergunta, Marco — atirou ela.

— "Pergunta, Marco" — imitou o menino. — Tu não és tão decidida? Devias enfrentar agora. Tá bom. Escuta, Sérgio, nós sabemos que tu compraste uma lata de tinta azul e quatro bisnagas de azul-noite. Sem querer ofender, dá pra contar pra nós o que tu fizeste com a tinta? É muito importante.

O rapaz riu.

— Se vocês estão pensando que eu saí por aí escrevendo frases para a D. Flosi, estão muito enganados. Olha, eu não precisava explicar, mas fui com a cara de vocês. Entrem, eu vou mostrar o que foi que eu fiz com a tinta azul.

Abriu o portãozinho.

— Mas e o Rombudo? — gemeu Marcelo.

— Ele é manso. Eu só disse aquilo pra mexer com vocês.

Entraram por um estreito corredor entre a casa e um muro alto. Bem nos fundos, após vários canteiros cheios de alface, havia um galpão. Pintadíssimo de azul-escuro!

— Viram? Pintei aquele monstrengo ali, que estava muito feio com tábua de tudo que era cor. Assim não aparece tanto. Se confunde com a paisagem. Usei toda a tinta. A lata tá por aí. A minha mãe furou e usou para botar um pé de flor. Satisfeitos?

Não estavam muito alegres, na verdade. A explicação era muito boa. E isso só dava num beco sem saída.

— Ainda não foi desta vez — resmungou Rodrigo arrastando os pés.

— É, e eu ainda tenho aquele murinho todo pra esfregar e pintar — queixou-se Gustavo.

Que remédio! Todos ajudaram no trabalho. E a tarde passou-se. Quando escurecia eles davam a última mão de tinta. Branca, pois o pai queria assim.

— Esta noite eu faço plantão! — falou Gustavo batendo o pé.
— Aqui neste muro maluco nenhum bota mais suas ideias. Nem que eu tenha que lhe dar uma sova com um bom porrete!

Capítulo 5

A notícia de que eles pesquisavam sobre aquela frase havia se espalhado. Principalmente entre os colegas de aula de Berta e Gustavo. Enquanto a turma estava ali, penando com o trabalho do muro, alguns jovens se aproximaram.

— Eu vou querer ajudar a encontrar o autor daquelas frases — foi dizendo uma loirinha gorducha e rosada.

Que tentação era mandar a educação longe e dizer pra metida que fosse plantar batatas!

— É uma praga a gente ser educado — sussurrou Marco enquanto escovava vigorosamente com uma escova de fios de aço o muro manchado. — Não fosse a minha mãe ter me ensinado boas maneiras, eu era capaz de virar toda aquela lata de cal em cima dessa guria!

Heloísa, porém, gostava de aparecer. Logo ficou de papo cerrado com a menina. Falaram de tudo. Desde revistas a novelas de TV, desde modas a culinária. E os Falcões, com ar de mártires, esfregando o muro, suando em bicas, para ajudar o irmão necessitado. Ou primo, para ser mais exato.

— Pois se precisarem de ajuda — tornou a conversadeira. — é só me chamar. Eu sempre resolvo os problemas, não é, Berta? Eu sou muito eficiente, tenho uma inteligência muito rápida...

E por ali seguia o autoelogio, sem a menor cerimônia. Heloísa, que sempre recebia com entusiasmo a participação de meninas, acabou por encher-se daquela garota exibida. Soltou um fundo suspiro muito conhecido dos Falcões.

— Aí vem tempestade — anunciou Marcelo baixinho.

Mas ao invés de explodir, Heloísa desviara por uma tangente. Resolveu pregar uma peça na papagaia humana.

— Jussara — disse na sua voz mais doce. — eu acho que tu vais poder nos ajudar mesmo. Sabe, nós temos que fazer esta tarefa aqui. O tio Willi quase teve um ataque quando viu o muro todo escrito. Nós vamos ter que pintá-lo até a noite, senão o pobre tio não dorme hoje. Vê só, tanta coisa para investigar e nós aqui... presos...

As últimas palavras até pareciam mel. Os Falcões até pararam o esfrega-esfrega para apreciar a cena.

Jussara estava no ponto. O balãozinho de vaidade estava lá em cima! Caiu como um patinho:

— Mas, Heloísa, eu estou aqui justamente para isso. Para ajudar. Peçam, que eu vou fazer por vocês. Tenho certeza que...

— Ótimo — atalhou Heloísa. — então o negócio é o seguinte: o supermercado novo, sabes onde é, não? Aquela parede branca! Recém-pintada! Não é uma atração? Se eu pudesse, mas eu estou aqui, amarrada no serviço... Eu estou com um palpite que hoje à noite o pichador vai escrever lá naquela linda parede branca. Se eu pudesse, eu mesma ia ficar lá, de plantão. Ah, pegar o sujeito bem na hora dele escrever "Flosi"!

Jussara chegava a mudar de um pé para o outro, de pura impaciência. Assim que Heloísa deu uma folga, ela saltou oferecendo-se para a missão.

— Eu não sei... — hesitou a menina. — olha que é uma missão importante. Precisa de uma pessoa atenta! Não pode se afastar um segundo...

Aflita, a loirinha já corria. De longe, acenou e deu um último aviso:

— Aquele local está sob minha responsabilidade. Podem ficar sossegados.

Quando ela virou a esquina, Heloísa chegou a segurar a barriga de tanto rir.

— Mas e se a parede branca atrair mesmo o sujeito, hein? — perguntou Júlio.

— De que jeito? — perguntou a irmã, secando os olhos. — O supermercado é todo cercado de holofotes. Ficam acesos toda a noite. Aquilo lá parece de dia! Ninguém se atreveria. Logo seria visto e reconhecido.

Divertiram-se com a peça pregada na metida. Mas o serviço estava ali. Suspirando, todos tornaram a pegar suas escovas.

— Dava um dente por um sorvetinho — gemeu Berta. — Que calorão! Olha a minha blusa. Tá colada nas costas!

— E o meu cabelo, então? — queixava-se Heloísa. — Um grude só! Mas valeu a brincadeira na Jussara, hein? Ela é sempre assim metida a bacana?

Os garotos fecharam a cara com aquela prosa toda.

— O trabalho em silêncio é muito mais produtivo! — sentenciou Rodrigo.

Meia hora mais tarde, chegava outro olheiro. Desta vez era um menino, colega de aula de Gustavo. Notava-se de longe que fazia o gênero intelectual. Livro embaixo do braço, grossos óculos de aros escuros, cabelo super penteado, roupas limpíssimas. Cheirando a sabonete e banho recém-tomado. E um ar de eficiência!

Conversou um pouco. Deu palpites sobre o serviço que estava sendo feito. Deu conselhos sobre a melhor maneira de lixar.

A turma começava a ficar quente, quando ele entreabriu o livro e anunciou:

— Vim ajudá-los a investigar o assunto das frases. Aliás, eu já estava investigando quando vocês começaram.

— Ah, é? — falou Marco na maior ironia. — E quais foram as conclusões a que tu chegaste, Sr. Sherlock?

O apelido trocista não lhe fez efeito. O menino empurrou os óculos para cima do nariz e anunciou as suas teorias:

— Pesquisei nas lojas de ferragens, locais onde vendem tintas, para verificar quem tinha comprado tinta azul.

Marcelo ia dizer que eles haviam feito o mesmo, com resultado negativo, mas Marco segurou-lhe o braço e fez um sinal imperceptível de silêncio.

O "detetive" prosseguiu, imperturbável:

— Afora um rapaz, chamado Sérgio, que pintou um barracão nos fundos do seu quintal com tinta azul, ninguém mais na cidade adquiriu dessa tinta desde o momento que apareceram as frases. A conclusão é óbvia. Vocês devem ter percebido, é claro.

Os Falcões não haviam percebido nenhuma conclusão, mas não iam revelar isso àquele concorrente. Entreolharam-se.

— É claro — disse Júlio com displicência. — a conclusão é uma só. Vejamos se tu chegaste à mesma coisa que nós...

O menino tornou a empurrar os óculos e comentou cheio de si:

— A pessoa não comprou tinta aqui. Deve ter ido a Estrela. É perto e não despertaria desconfiança, uma vez que talvez seja desconhecida naquela cidade.

Pimba! A explicação caiu na cabeça dos Falcões como uma paulada. Intimamente se xingaram pela burrice. Nenhum deles havia tido aquela brilhante ideia! Haviam precisado de um estranho para descobrir isso.

O menino entreabriu então um livreto e mostrou algumas frases sublinhadas. Era um manual de detetive amador.

— Este livro é muito bom. Tenho tido muito êxito com as ideias dele. Mas vocês, por certo, devem ter algum semelhante.

A turma fervia, mas nada comentou. Qualquer palavra a mais os faria explodir. Meia hora de amolação e o "detetive" foi-se embora. Por cima do ombro, ainda deixou-lhes uma recomendação:

— Se precisarem, é só me chamar. Mas talvez eu conclua o caso antes de vocês. Estão tão ocupados!

— Grrr! Me segurem, senão eu dou uma surra neste guri! — grunhiu Marco Aurélio entre dentes.

* * *

Outras visitas se sucederam, mas aqueles dois foram os mais importantes da tarde. O resto do pessoal só se limitou a oferecer ajuda.

— O gozado é que ninguém se oferece para raspar ou pintar o muro! — reclamava Gustavo.

Ao escurecer, o trabalho estava pronto. O muro estava outra vez branquinho. Mas eles estavam moídos! Doía tudo, da ponta do pé à raiz dos cabelos.

— Vou querer litros de suco para compensar o que eu suei hoje — comentou Júlio entrando em casa.

Desfilaram pelo chuveiro e sentaram-se para um lanche reforçado. Não tinham ânimo para nada. Mas sentiam que não podiam deixar passar mais uma noite. O pichador estava começando a dar prejuízo. Quantos muros tinham que ser repintados? Sem falar no prestígio de D. Edite que estava ficando miúdo!

— Eu sugiro uma volta e um sorvetinho — falou Berta, quando guardavam as últimas louças da janta.

— Duas! — falou Heloísa.

— Nós também vamos — disse Gustavo. — A gente precisa arejar um pouco. Quem sabe temos sorte e pegamos o pichador, hein?

Uma caminhada para olhar as vitrines iluminadas na zona comercial. Um sorvete duplo e uma volta vagarosa para casa. De longe, perceberam Jussara instalada na calçada fronteira do supermercado. Trouxera um banquinho e convocara uma ajudante.

— Ela é bem capaz de passar a noite de plantão — disse Berta, rindo. — Coitada da Ju.

— Coitada? Coitados de nós, isso sim — rosnou Marco. — O que ela nos amolou hoje à tarde...

Na esquina de casa, sentiram que a quadra estava um pouco escura, em contraste com a avenida iluminada.

— Poucas lâmpadas nessa rua — reclamou Rodrigo. — Por isso o pichador conseguiu pintar no muro da gente. Ei, olhem lá...

Na meia penumbra, parecia que um vulto se inclinava para o muro. Iam pintá-lo outra vez? Não! Chegava aquela trabalheira da tarde passada.

— Chiu! — sussurrou Marco. — Vamos nos aproximar bem devagarinho. Pisem em plumas, Falcões. Nós precisamos pegar o indivíduo fazendo sua arte.

Esgueirando-se por entre as árvores e os postes de iluminação, que estavam apagados, eles aproximaram-se do muro branquinho. O vulto continuava lá. Imóvel. Meio agachado. Estaria pintando a sua frase favorita?

— Merece uma surra! — grunhiu Gustavo.

— Agora!

Caíram em cima do vulto. Seguraram-no de todos os lados. Mas o peso deles foi fatal. Caíram todos no chão, levando consigo o vulto.

Tarde demais perceberam que não era um vulto humano. Era apenas um cabo de vassoura vestido!

— Um espantalho! Quem seria o engraçadinho, hein?

Estavam todos indignados. A pontapés atiraram o traste para dentro do jardim. Entraram em casa fervendo.

Mas assim que acenderam a luz da cozinha e se entreolharam, uma exclamação partiu de todas as bocas.

Eles estavam todos AZUIS! Mãos, caras, e a roupa também tinha manchas.

— Onde foi que arrumaram esta cor? — perguntou Júlio aflito.

Correram ao banheiro. As torneiras eram poucas para todos. Queriam ensaboar-se e tirar aquelas manchas. Mas que horror! Elas não saíam. Esfrega, esfrega... a pele foi ficando avermelhada, mais pra roxo, combinando com aquele azul implacável.

Esfregaram-se nas toalhas... E foi bem aí que tia Brunilde, atraída pelos comentários, apareceu na porta do banheiro.

— Podem me explicar o que vem a ser isto? — rugiu ela. — As minhas toalhas bordadas!

Nenhum argumento foi possível com a indignada dona da casa. Os ralhos foram tão altos e tão intensos que tio Willi e tio Oto apareceram. Cada qual no pijama mais listrado!

— Mas o que aconteceu, senhores? — perguntou tio Willi procurando aparentar calma.

Tia Brunilde obsequiou-o como uma descrição dos horrores que lhe haviam aparecido no banheiro.

Tio Oto, esquecido das zangas da irmã, comentou:

— Mas é só lavar!

E logo encolheu-se pois a irmã quase lhe bateu.

— Lavar, uma ova! Isso aí é azul de metilena. Daquele que se usava antigamente para pincelar garganta inflamada. Isto não sai tão fácil. E olha a cara deles!

Mas tio Willi, na sua santa tranquilidade, correra à cozinha e pusera uma chaleira no fogo. Indo no quintal, apanhou várias folhas de laranjeira.

O Segredo do Berilo Azul

— Um bom chá de laranjeira vai acalmar todo mundo — concluiu ele.

Capítulo 6

— Tia! Oh, tia Brunilde!

— O que foi, meu Deus do céu? — perguntou ela enfiando a cabeça na janela.

— O Bóbi, coitado! Tá mancando — gritou Marcelo. — Tem um rastro de sangue! — concluiu dramático.

Bóbi era o pequeno cusco[6] da casa. Pertencia à velha e difundida raça dos vira-latas. Tinha um rabo de leque, orelhas pontudas e um ar amistoso. Era pequeno como um pequinês. Preto com manchas brancas.

Tia Brunilde considerou o caso. Viu que não havia gravidade. Bóbi estava caminhando.

— Verifiquem o que há e mediquem o bicho. Eu não posso sair daqui, senão o leite derrama.

Um leve estremecimento entre a dona da casa e o pessoal miúdo se estabelecera desde a noite anterior. As toalhas man-

---

6 Nota do Org.: Termo gaúcho de origem espanhola que significa "cão pequeno, vira-lata".

chadas de azul quaravam[7] bem ensaboadas, mas não havia muita esperança de que voltassem ao branco primitivo.

Júlia e Marcelo seguravam Bóbi, enquanto ele esperneava e queria lamber todo mundo. Em sua patinha, constataram um corte que sangrava.

— Pobre Bóbi, vai ver que pisou num caco de vidro. Temos que pôr um remédio para evitar a infecção — disse Júlio.

A voz de Marcelo tornou a ecoar:

— Tia Brunilde... onde é que tem remédio pra botar na pata do Bóbi? Ele tá com um corte.

A cabeça dela voltou a surgir na janela.

— Tem remédios aí no armário da área. Numa caixa de madeira. É onde o Willi guarda os remédios para as galinhas.

— Onde?

— No armário aí da área. Acima do tanque. Eu não vou sair daqui pra ajudar ninguém. Senão as minhas rapaduras queimam.

O assunto "rapadura" deixou a todos eficientes. Ninguém queria afastar a tia de suas atividades. Marco, que examinava os pedaços do espantalho (todo untado com um líquido azul), saltou para procurar o remédio. Numa caixa de madeira havia muitos vidros. Para escolher o melhor, o menino tirou a caixa para fora. E logo percebeu uma coisa que o fez soltar uma exclamação.

— Vejam! Que interessante!

Júlio, Marcelo e Gustavo saltaram. O Falcão Encrenqueiro apontou a parte externa da caixa, em madeira pura, sem pintura. Havia várias manchas de azul. Ainda frescas, pois ao passar o dedo, ele saiu pintado.

Examinando o conteúdo da caixa, entre pomadas veterinárias, vidros de mercúrio e mertiolate, encontraram um vidro de azul de metilena. Quase vazio, com a tampa mal arrolhada.

---

7 Nota do Org.: Mesmo que clarear.

Entreolharam-se assombrados. Júlio traduziu o pensamento comum:

— Ou muito me engano, ou o azul do espantalho provém desse vidro.

— Acho que não te enganas, Júlio — murmurou Marco.

Medicaram Bóbi, sob a orientação balizada de Marcelo (que havia tirado há pouco um curso de primeiros socorros).

— O ferimento tem que ser bem lavado. Com sabão ou sabonete. Nenhuma poeirinha para não provocar infecções. Agora um bom remédio para ajudar a cicatrizar. Talvez uma atadura...

— Ah, coisa muito fácil de colocar, uma atadura no pé de um cachorro — ironizou Marco, que segurava Bóbi.

— Quem sabe a gente amarra a perninha dele com duas talas? — aventou Marcelo.

— Acontece que o Bóbi só cortou a pata e não a quebrou. Uma tala é para imobilizar quando há fratura, seu doutor! — troçou o primo.

Soltaram o cão e trataram de reunir-se num lugar sossegado para debater a descoberta.

— Foi um acaso, hein? Se o Bóbi não tivesse cortado o pé, a gente não ia descobrir isso — falou Gustavo entusiasmado.

— De quem é aquela caixa com remédios, Gustavo?

— É do pai. Ele tem remédios para curar as galinhas. Ou para qualquer problema com o Bóbi ou o Silvestre, o gato da Berta. Ele sempre diz que não se misturam os remédios dos bichos com os remédios de gente.

Parou um instante examinando os primos. Sua compreensão era um pouco lenta. Mas ele chegava lá.

— Vocês não estão pensando que foi o meu pai que fez aquele espantalho pintado de azul, não é?

— Quem sabe? — arriscou Marco Aurélio. — Mas podia ser qualquer um aqui de casa... Ou um vizinho, que soubesse do conteúdo da caixa. O armário é na rua e não tem chave. Qualquer um podia vir mexer.

Aquilo os deixou um pouco desanimados.

— Resta saber se a pessoa que fez o espantalho besuntado de azul é a mesma pessoa que escreve as frases azuis para Flosi — comentou Rodrigo, pensativo.

— De qualquer maneira, não deixa de ser uma pista. E nós não podemos estar com luxos — concluiu o Encrenqueiro erguendo-se. — Gustavo, arranja lápis e papel. Vamos fazer uma lista de todos os vizinhos e confrontar com D. Edite. Quem sabe algum deles tenha algum motivo para hostilizar a professora.

— Mas ela disse que não tem inimigos — lembrou Rodrigo.

— Pode ser, mas quem sabe se olhando uma lista de nomes se lembre de alguém, hum, menos simpático! — falou Marco.

Quando estavam naquela atividade, entraram como dois pés de vento Heloísa e Berta. Pelas caras dava para ver que havia novidade grossa.

— Vocês nem sabem o que aconteceu esta noite! — declarou Heloísa agitando os braços.

— Não tenho a mínima ideia — decidiu Júlio arregalando os olhos azuis. — Mas se tu quiseres nos contar...

Ela estava tão embalada que se esqueceu de rebater a ironia.

— Lembram da Jussara? Nós a vimos ontem à noite em frente do supermercado, fazendo plantão junto com outra guria. Pois ela conseguiu descobrir que uma colega morava em frente do supermercado. Foi para lá e acampou. Jantou, fez lanche, ela deve comer muito. Sempre na calçada. Sem tirar os olhos da loja. Esperando que o pichador aparecesse.

— E ele apareceu? — sussurrou Marcelo ansiosamente.

— Hum, quem apareceu foi a mãe dela. A guria esqueceu de avisar em casa que ia ficar fora. Resultado: a mãe dela botou toda a vizinhança à procura de Jussara. Procuraram por todo lado. Cada vez a família mais apavorada. Houve até quem disesse que ela podia ter caído no rio. Bom, quando encontraram a Jussara, sentadinha muito calma esperando as novidades... Contaram-me que a coitada vai ficar a semana todinha em casa. De castigo! Não é uma pena? Ela estava só cumprindo o seu dever.

— Quem sabe tu vais lá na casa dela e contas isso pra mãe dela, hein, Heloísa? Seria muito generoso da tua parte, já que a ideia foi tua — argumentou Marco.

A prima olhou-o meio de lado, esperando um deboche. Mas o menino estava muito sério.

Berta, por outro lado, tinha mais novidades. Elas deviam ter combinado para cada uma contar uma coisa, pois haviam saído juntas e deviam ter sabido das coisas ao mesmo tempo.

— Vocês nem sabem o que foi que eu descobri — disse ela com uma fisionomia radiante.

— O quê?

— Na parede branca do supermercado, com tinta azul e letrão deste tamanho — abriu bem os braços. — está lá escrito: FLOSI É MINHA NAMORADA. Com o "S" virado e tudo mais.

Aquilo foi demais. Num súbito nervosismo, todos começaram a falar ao mesmo tempo.

— Fomos nós que sugerimos.

— Quem será que ouviu?

— Gustavo... Berta... nenhum de vocês é o pichador?

— Tu tá louco?

— Olha um soco nas fuças!

Um brado mais alto, se aquilo era possível naquele pandemônio, fez todos silenciarem.

— Nós temos que agir e não ficar cacarejando como galinhas chocas! — gritara Marco.

Alguns protestaram que não eram galinhas chocas, mas o brado serviu para acalmar a turma. Voltaram à lista de vizinhos, depois de explicar às meninas sobre o vidro de azul de metilena achado no armário da área.

— Vamos à casa de D. Edite — comentou Marco. — Estou com fé que estamos na pista quente.

— Quente tá é lá fora — comentou Heloísa abanando-se. — Acho que hoje vai ser um dia daqueles! A esta hora da manhã e já está um forno! Alguém tem algum empréstimo para um sorvetinho?

Chupando um picolé muito necessário, a turma bateu na porta da diretora. A imagem da magreza atendeu-os e explicou que D. Edite estava na escola.

— Ué, mas não é férias? — estranhou Marcelo.

— Para os alunos, sim, mas é tempo de matrículas.

Agradeceram e tocaram-se para a escola. Encontraram, depois de duas mil explicações, a professora em sua sala. Ali ela estava no seu elemento. Como peixe na água. Seu jeito autoritário voltara e ela os recebeu como uma professora recebe os alunos.

Até a roupa era adequada para a função. Não mais o vestido caseiro, cheio de enfeites. Agora era um conjunto no mais puro estilo Chanel. E para combinar com os debruns[8] do casaquinho, na lapela luzia uma joia muito bonita. Num engaste[9] trabalhado em filigrana de ouro, repousava uma pedra azul, cor do céu. Mas translúcido como água.

Eles viram que não deviam ocupá-la muito. Em sua mesa amontoavam-se os papéis para assinar. Várias vezes sua secretária entrou trazendo mais papéis.

— Professora, nós não queremos atrapalhar. Apenas fizemos uma lista — disse Marco, estendendo-lhe o papel. — Confronte todos estes nomes e verifique se algum deles não teria motivo para incomodá-la. Por mínimo que seja.

Ela olhou atentamente e ficou pensativa. Depois meneou a cabeça.

---

8 Nota do Org.: Fitas pregadas nas margens de um tecido, como ornamentos.
9 Nota do Org.: Parte da joia na qual se fixa a pedra preciosa.

— Sinto muito, meninos, nenhum me diz nada. Conheço duas pessoas dessa lista. Mas não tenho nenhum problema com eles. — soltou fundo suspiro. — Viram a parede do supermercado novo? Lá está a frase. Começo a detestar tudo por aqui. Sempre gostei desta cidade. Para cá vim mocinha, recém-formada da Escola Normal. Trinta anos de magistério. Estou para me aposentar. Não tenho, porém, coragem de abandonar tudo isto. É a minha família, entendem?

— Nós não queremos que a senhora nos abandone — falou Berta. — Deve ficar conosco. Nós precisamos da senhora.

— Obrigada, minha filha. Mas... tudo isso que se abateu sobre mim... tenho pensado seriamente em ir embora. Voltar para a minha cidade natal. Acho que por lá teria também alguma escola que aceitaria a minha experiência.

— Onde é a sua cidade natal, professora? — perguntou Júlio.

— Eu sou natural de Gramado.

— Gramado? — exclamaram Júlio, Heloísa e Marcelo juntos.

— É a nossa terra também — disse Heloísa. — A senhora é bem-vinda por lá, professora.

Ainda falaram alguma coisa sobre Gramado. Há muitos anos que Edite não retornava a sua erra natal.

— De lá saí, há trinta anos, não voltei.

— Nem a passeio, durante as férias? — indagou Marco.

— Nem isso. Um desgosto muito grande me tirou de lá. Não queria reviver tudo de novo, como me aconteceria se visse os mesmos panoramas. — Sorriu. — Vejo que estão curiosos. Vou satisfazê-los. Eu tinha... um pouco mais do que vocês. Dezoito anos. Um namorado... quase noivo. Acho que era muito ciumenta. Vi-o conversando com outra moça. A meus olhos ela era mais bonita do que eu. Briguei. Não de viva voz. Mandei-lhe uma carta. E pus um P.S. Se aquilo não fosse verdade, ele que me escrevesse... Mas ele não me escreveu. Recebi então uma oferta de trabalho aqui em Lajeado e vim embora. Meu pai me acompanhou. Era meu único parente.

O Segredo do Berilo Azul

— E nunca mais soube do seu antigo namorado? — quis saber Heloísa.

— Não. Guardei apenas, sentimentalismo bobo o meu, guardei este broche que ele tinha me dado. Às vezes o uso, quando ando muito deprimida. Ele me faz companhia.

— Mas é muito bonito, professora! — exclamou Heloísa. — Deixe-me vê-lo de perto, por favor.

D. Edite tirou o broche e este passou de mão em mão. Era uma obra de arte. Uma água-marinha do mais puro azul, engastada numa filigrana de ouro.

Devolveram-no e a professora tornou a colocá-lo na lapela. Ficou em silêncio. Eles perceberam que ela ainda se comovia apesar dos trinta anos passados. Aquilo tinha lhe calado muito fundo!

— Nós já vamos, professora — sussurrou Berta. — Vamos fazer todo o possível para resolver o problema para que a senhora não tenha que ir embora.

Saíram murchos para o corredor e cerraram a porta. A secretária aproximava-se e eles lhe disseram:

— Por favor, dona, a diretora disse que não quer ser incomodada nos próximos quinze minutos. Depois a senhora vem, tá?

Ela não tinha dado ordem nenhuma, mas eles percebiam que D. Edite ficaria grata por poder estar a sós com seus pensamentos por alguns minutos.

*   *   *

— Que história, gente! — exclamou Heloísa, quando saíram ao sol.

— Sacrificou a vida toda por uma cena de ciúmes, não acho que tenha feito muito certo — falou Berta.

— É, mas ela disse que deu uma chance ao rapaz. Se ele escrevesse lhe contando tudo, eles reatariam. E ele não lhe escreveu. Devia ter mesmo a outra namorada e resolveu ficar com a segunda — explicou Heloísa.

— Garanto como saiu perdendo — disse Marco Aurélio. — Não conheci a outra, mas D. Edite é de ouro! Mas nós temos que deixar os sentimentalismos de lado e tocar pra frente. Ih! — bateu na testa. — olhem lá quem vem vindo... Isola!

O Grande Detetive aproximava-se. O mesmo livro ainda embaixo do braço. Ao vê-los, parou muito satisfeito. Empurrou os óculos para cima e anunciou:

— Grandes novidades, meninos!

— Não diga — ironizou Júlio.

— Com esse calorão? — perguntou Marcelo.

— O calor não atrapalha uma investigação — sentenciou o Grande Detetive. — Acabo de chegar de Estrela. Desembarquei do ônibus agora mesmo. Pesquisei em todas as ferragens por lá. E já sei o tipo físico do nosso pichador!

Parou um instante, olhando em volta. Os Falcões e seus dois agregados nem piscaram. E então ele prosseguiu:

— Foi uma sorte ele ter comprado duas vezes na mesma loja. A mesma lata de tinta azul-escuro. O vendedor se lembrava dele...

— E... — fez Marco em expectativa.

— O nosso homem é baixo, miúdo. Não é gordo nem magro. Cabelos começando a ficar grisalhos.

— Metade da população por aqui se enquadra nesta descrição — rosnou Marco afastando-se.

62

Capítulo 7

— Só porque não foste tu que descobriste, não precisava ser tão rude com o coitado! — reclamou Heloísa quando chegaram em casa.

— Sabe duma coisa? — disse o Encrenqueiro arregalando os olhos. — Eu estou cheio disso tudo! Tintas azuis... a minha cara e as mãos estão esfoladas de tanto que eu esfreguei pra tirar aquele azul de metilena. Sabe o que me ocorreu? Que a pessoa que fez o espantalho não precisa ser, necessariamente, a mesma que fez as frases.

— Como assim? — perguntou Júlio fixando seus olhos azuis muito admirados no primo.

— Claro. O espantalho, é quase certo, provém aqui do nosso quintal. Achei um pedaço de vassoura velha que se ajusta muito bem ao corte do pau que serviu pra fazer o espantalho. A tinta, nós vimos hoje, saiu do armário de remédios do tio... E nós temos em casa alguém... alguém... que gosta de pregar peças, de fazer gracinhas...

O Segredo do Berilo Azul

— Tio Oto! — exclamou Gustavo.

— Tio Oto — admitiu Marco. — Ele viu o nosso interesse no assunto das tintas azuis. Então resolveu nos pregar uma peça. Besuntou um espantalho de azul e botou-o em frente do muro. Nós caímos como patinhos — concluiu aborrecido.

— Isso é bem possível — falou Berta devagarinho. — Tio Oto gosta de pregar peças na gente. Lembra aquele grilo dentro da panela da mãe, Gustavo? E do mel na minha cama...

— E da cola no meu pente... — falou o menino. — É, tio Oto adora rir da confusão em que mete a gente. Eu não me admiraria se fosse ele que tivesse feito o espantalho.

— Vamos perguntar a ele quando vier almoçar — decidiu Marco.

Mas tanto Oto como Willi não vieram almoçar. Havia uma festividade na oficina, para comemorar o aniversário de um colega. Os Falcões teriam que esperar a noite.

— Quem sabe no quarto dele a gente acha alguma pista? Como uma roupa manchada de azul, por exemplo — falou Marco.

Subiram a escada em direção ao sótão. E metodicamente puseram-se a procurar nas gavetas do velhote uma pista qualquer. Tia Brunilde encontrou-os nesta atividade quando foi guardar umas roupas.

— O que é que estão fazendo aqui, se me fazem o favor? Não comecem...

— Nós desconfiamos que foi o tio Oto o autor do espantalho azul. Estamos buscando provas — disse Marco.

— Então podem ir rapando daí. Não foi o Oto. Foi o Willi.

— O tio Willi?

— O pai? Mas o pai não é disso... — defendeu Gustavo.

— Ah, pois dessa vez foi. Contou-me hoje de manhã. Acho que não resistiu de contar a alguém. Levou uma xingada, é claro. Não viram que não veio almoçar?

— Mas ele disse que havia um aniversário... — começou Berta.

— Hum-hum, foi combinação dele com o Oto. Aqueles dois se entendem. Só quer vir à noite, quando a coisa toda já tiver esfriado.

A informação murchou o entusiasmo dos Falcões. Já pensavam em tio Oto como autor do espantalho. E agora ficavam sabendo que fora tio Willi o dono da brincadeira.

— Isso vai lhe custar caro — falou Gustavo, quando desciam a escada. — A mãe não vai sossegar enquanto não ganhar toalhas novas.

— O que é bem feito! — falou Heloísa. — Imaginem, o tio Willi, tão comportado! Fazendo espantalhos para nos pregar peças!

Saíram à rua.

A informação do Grande Detetive não saía da cabeça de Marco Aurélio. Fervia de raiva por não ter tido aquela ideia e ter ido pesquisar em Estrela, como fizera ali na cidade.

— Até que ponto este gurizinho pedante conseguiu uma informação valiosa? Até onde nós podemos confiar que ele tem a descrição do nosso pichador? — murmurava ele.

— Deve ser certo, Marco — disse Júlio. — Ele não ia perder esta oportunidade de nos esfregar na cara a sua preciosa pista!

— Baixo, miúdo, nem gordo nem magro, cabelos grisalhos. Puxa, mas tem gente de bolão por aqui que se enquadra.

Passavam vagarosamente pela frente do supermercado. O diligente dono do supermercado já providenciara a remoção do letreiro. Dois funcionários com macacão da empresa pintavam outra vez a parede.

E foi aí, de nariz para o ar observando o trabalho dos homens, que Heloísa teve o seu "estalo". Ela era sujeita a estes repentes. E muito esperta, nunca deixava de cobrar bem.

— Gente, eu acabo de ter uma ideia fe-no-me-nal! Não sei onde eu estava com a cabeça que ainda não tinha me ocorrido isso antes. E, quando eu contar a vocês, todos vão dizer que era tão óbvio como o ovo de Colombo!

— Aí vem besteira! — sussurrou Marcelo, muito conhecedor dos truques da irmã.

Ela pavoneava-se toda. O cabelo em rabo de cavalo sacudia-se para lá e para cá. A menina andava em roda de todos e suas mãos mexiam-se numa mímica toda especial, as pulseiras tilintando.

— Vamos ver, Heloísa, desembucha duma vez e não faz onda. Tenho raiva de voltinhas! — decretou Marco.

— Esta ideia é tão boa, que vocês até vão achar que eu devo ser promovida a sócia efetiva.

— Isso é mais velho do que andar a pé — rosnou Marco, implacável. — Tudo que é coisinha tu vens com esta negociata.

— Mas vocês vão ver... eu mereço. É um verdadeiro heroísmo!

A turma não estava para brincadeiras. Todos rodearam-na, de braços cruzados, sem uma piscada.

— Fala! — impôs Júlio.

— A minha ideia é a seguinte: o nosso homem, o pichador dos letreiros azuis... — fez uma pausa para impor solenidade. — é o antigo namorado de D. Edite!

A ideia estourou entre eles! Os mais variados comentários se sucederam:

— Louca!

— Impossível!

— Não acredito!

Mas a reação inicial, de puro espanto, cedeu a um instante de reflexão. Alguns começaram a examinar melhor a ideia. Até que não era nem tão louca, nem tão impossível.

— Tu até que não és tão tapada como eu pensava — foi o elogio de Marcelo.

— Ah, eu disse! — exclamava Heloísa, triunfante. — E então, e a minha promoção?

— O grupo não está completo — rosnou Marco, esquivando--se. — Falta a Dóris.

— A Dóris vota a meu favor, que eu sei — garantiu a menina.

— Vamos pensar no teu caso. Mas a tua ideiazinha até que não é tão má. Só que o namorado antigo de D. Edite era de Gramado. O que é que estaria fazendo aqui em Lajeado, tão distante?

— Priminho, existem ônibus hoje em dia. As pessoas viajam. Vejam bem o meu raciocínio: o nosso homem ficou por lá, em Gramado. Os anos se passaram. Por algum motivo X, como de se diz em matemática, ele veio parar em Lajeado. E quem ele encontra, ainda bonita e sol-tei-ra? A antiga namorada. Ele também envelheceu, é claro.

— Não diga! Eu achava que ele tinha tomado o elixir da longa vida — troçou Marco Aurélio.

Mas Heloísa ignorou a provocação. Ela estava embalada.

— Vamos supor que o nosso homem tenha ficado com o desgosto de ver a namorada sumir. Agora ele a reencontra. Muitos anos se passaram. E ele, um velho romântico, resolve fazer-lhe uma declaração de amor pintando a frase nas paredes da cidade. Quer gritar a todo mundo o seu amor e...

— Chega! — impôs Marco. — A ideia não é má, mas, supondo que seja certa, ainda não sabemos quem é o pichador.

— Por isso não — argumentou a menina, irônica. — É só perguntar o nome do velho namorado para a diretora. Com o nome na mão, é muito mais fácil.

— Supondo-se, é claro, que a tua ideia seja aproveitável — admitiu o Falcão Encrenqueiro.

* * *

Em casa de D. Edite, encontraram-na muito nervosa. Recebeu-os a contragosto. Parecia que não queria conversar com eles. Evitava-os. Mas eles haviam ido ali com um propósito, não iam se deixar tapear.

— Nós temos uma teoria, D. Edite — anunciou Marco, com ar de "pai" da ideia. — Talvez com esta nova visão do problema nós cheguemos a uma solução?

— Do que se trata?

— O pichador, o homem que escreve os letreiros azuis apregoando que FLOSI É SUA NAMORADA, pode ser o seu antigo namorado. A ideia não é minha — admitiu. — Foi a Heloísa que pensou nisso. Então, nós pediríamos à senhora um favor. Eu sei que não gosta de relembrar o passado, mas... como era o nome do seu antigo namorado, aquele que a senhora tinha em Gramado?

O rosto expressivo da professora mostrava a eles toda a sua emoção. Quando ela respondeu, sua voz estava baixa, embargada:

— Vocês parecem ter acertado — sussurrou. — Deve ser a mesma pessoa. Há pouco, antes de vocês chegarem, eu tirava o meu broche do casaco. Eu quase não o uso, contei a vocês. Pois ao desprendê-lo, caiu-me das mãos e rolou. O golpe afrouxou as patinhas delicadas de ouro que seguravam a pedra. Então caiu fora. E no fundo, por baixo da pedra, há uma inscrição. Eu não a conhecia. Vou mostrar a vocês.

Ergueu-se e saiu da sala. Retornou pouco depois com o engaste filigranado na mão. Deu-o aos Falcões, que o examinaram. Uma exclamação única saiu de todos.

No fundo, onde deveria descansar a pedra, estava cuidadosamente gravado em letras maiúsculas, o S virado: FLOSI É MINHA NAMORADA.

— Delicada homenagem — murmurou Heloísa, a eterna romântica.

Mas os meninos eram práticos. Voltaram-se para a homenageada:

— Como é o nome dele, D. Edite? — perguntou Júlio.

— Nós podemos promover um encontro entre vocês dois — arquitetou Berta. — Quem sabe, os desenganos esquecidos, os dois ainda possam ser felizes.

— Mas ele não me escreveu a carta — argumentou ainda a teimosa, que sacrificara sua vida sentimental por uma opinião. — Vocês podem desmascará-lo. Fazê-lo parar com esta campanha. Mas eu não vou querer vê-lo.

E quando ela lhes revelou o nome do antigo namorado, todos ficaram pasmos. Nunca poderiam imaginar que fosse *aquele homem*!

Capítulo 8

À tardinha, o calor era sufocante. Nuvens negras acumulavam-se. Os relâmpagos cortavam o céu. E desabou uma tempestade.

Através da vidraça, os Falcões, nariz colado no vidro, examinavam a chuva que caía a potes.

— Se chover muito o nosso pichador não vai sair à rua — reclamou Marco. — E eu acho que nós deveríamos desmascará-lo quando estivesse em plena atividade.

Todos concordaram. Ainda estavam sob o impacto da surpresa com a descoberta do nome do velho namorado da professora. E já não tinham dúvidas: era ele o pintador de letreiros azuis.

Abaixo d'água chegaram tio Willi e tio Oto. Completamente ensopados, pois não tinham abrigos na oficina. Após um banho quente, sentaram-se alegremente à mesa. Nenhuma palavra sobre a brincadeira do espantalho. Tacitamente, os Falcões e tia Brunilde combinaram não mencionar o assunto.

Após a janta, à luz de velas, pois a chuva forte fez um corte na energia elétrica, reúnem-se na sala para fazer adivinhações ou jogar "Mineral, Vegetal, Animal".

A turma conta os minutos para a hora de deitar. Providencialmente, a chuva para e um vento úmido e fresco convida ao sono. Tia Brunilde comanda a retirada e, misteriosamente, a meninada concorda.

Enfiados completamente vestidos embaixo das colchas, eles aguardaram que a casa ficasse silenciosa. Quando passava das 11 horas, levantaram-se e desceram no maior cuidado a escada.

— Bem no meio há um degrau que range — anunciou Berta em voz baixa.

Saíram à rua e internaram-se na escuridão da noite. O céu já estava limpo e as estrelas apareciam. Amanhã haveria tempo bom.

Estão combinados desde a tarde. Num lugar estratégico, depois de um terreno baldio cheio de matos, eles aguardavam que o seu homem passasse.

— Espero que hoje ele tenha um muro branco para pintar — sussurra Gustavo. — Era só o que faltava que a gente ficasse aqui esperando e ele não aparecesse.

Mas em breve a dúvida se dissipa. Ouviram passos e à luz amarelada do poste identificaram o pintor de letreiros azuis. Vestia-se de escuro, com um boné na cabeça. Na mão, levava alguma coisa que eles acreditaram que fosse a lata de tinta fatídica.

Então começou a estranha caçada. Esgueirando-se aqui e ali, os Falcões seguiam o sujeito. E era um nunca mais acabar de dobrar esquinas.

— Será que ele vai muito longe? — murmurou Júlio. — As minhas costas estão começando a protestar de tanto que eu levanto e abaixo.

Aproximava-se um grande prédio de uma fábrica. E ali estava o objetivo: um muro grande e branco. A turma mal teve tempo de se agachar atrás de uma lata de lixo enorme.

E a Operação Letreiro teve início. Com precisão e pulso firme, o homem pintava. Estava acostumado, pois as letras saíam com facilidade no primeiro traçado. Não faz, sequer, um desenho prévio. Mas o resultado é harmonioso, sem uma letra fora do lugar. Apenas o "S" virado.

Quanto tempo ele levou pintando? Uma hora? Duas? As pernas dos meninos já viraram mingau. Ou tem dolorosas câimbras. Mas não devem mover-se, para não espantar a caça.

Uma batida seca indica que o sujeito tapou a lata de tinta, dando por acabado o serviço. E ali fica, na parede branca, mais uma frase romântica: FLOSI É MINHA NAMORADA.

— É agora! — sussurra Marco erguendo-se.

A surpresa do pintor foi enorme. Cercado pelo bando, reconhecido, ele ainda tentou defender-se:

— Um momento, meninos, não pensem que eu tenho alguma coisa a ver com isso. Eu estou sendo pago...

— Lamento informá-lo, companheiro, mas D. Edite já nos revelou tudo. E descobriu também a frase que existe por trás da pedra do broche — comentou Júlio.

— Ela descobriu, é? — o homem dá uma risadinha. — Finalmente! As mulheres não são tão curiosas como eu pensava. Muito bem, levem-me até ela. Edite não vai fugir novamente.

Segura a mão de Heloísa e propõe-se a fazer uma marcha para a casa da namorada, esquecendo-se que passa muito da meia-noite.

— Um momento, chefe — interrompe Marco Aurélio. — Nós queremos que o senhor pare de pintar as paredes por aí dando prejuízo aos outros.

— Claro que eu vou parar. O meu objetivo foi alcançado: fiz Flosi lembrar-se de mim. Vamos lá, estou ansioso para pedi-la outra vez em casamento.

— Ela não quer vê-lo. Lamento! — comenta Rodrigo.

— Não... quer... me ver? — o espanto dele era autêntico.

— Disse-nos que só quer que o senhor pare de fazê-la passar ridículo perante toda a cidade. Mas não quer vê-lo. Ela não se esquece tão facilmente.

— Apesar dos trinta anos passados — explicou Heloísa. — ela não esquece que viu o senhor namorando outra moça.

— Não é verdade — protestou ele. — Ela me escreveu acusando-me disso e eu lhe respondi explicando. Edite é muito geniosa. Mas ela sumiu. Nunca mais a vi, até há pouco tempo, quando vim morar em Lajeado. Cheguei até a publicar notas nos jornais pedindo-lhe que se comunicasse comigo. Mas foi tudo inútil.

Uma coisa ficara martelando a cabeça dos jovens enquanto o velho enamorado rememorava seus problemas. Ele dissera que respondera a carta!

— O senhor escreveu a ela? — insistiu Rodrigo, pensando não ter ouvido bem.

— Claro que escrevi. Não quis ir até a casa dela, já que ela estava braba comigo. Botei a carta na sua caixa de correspondência, junto do portão. Mas não adiantou. No dia seguinte, Flosi e seu pai mudaram-se sem deixar endereço!

— Bem, isso muda tudo de figura — comentou Júlio. — Temos que falar isso a D. Edite.

— Amanhã, não é, gente? — falou Heloísa bocejando. — Já é madrugada. Vamos, senhor pintor, temos que dormir. Amanhã é seu dia de glória!

*　　*　　*

No maior entusiasmo, eles foram visitar D. Edite bem cedo de manhã. Ela ainda tomava o café e ofereceu-lhes.

— Obrigada, professora, mas a mãe já nos encheu de batidas de frutas antes de sairmos — falou Berta.

Contaram à diretora o ocorrido na noite passada. Ela os ouviu em silêncio. Quando falaram na carta, protestou:

— Não acredito! Ele não me respondeu. Vocês acham que eu teria me mudado se ele tivesse escrito se justificando?

— Mas ele parece sincero quando diz que lhe escreveu, D. Edite — falou Marco Aurélio.

Conversa vai, conversa vem, a conclusão era uma só. Havia necessidade de provar, após trinta anos passados, que a carta existira.

Tia Brunilde estranhou quando Marco Aurélio e Júlio chegaram com aquela ideia de irem a Gramado por dois dias.

— Fazer o quê, meu Deus? Daqui a uma semana vocês vão mesmo embora por causa do Natal!

— Tia Brunilde, nós temos que ir, mas não podemos explicar por quê. A senhora confia na gente, não é mesmo?

Tinham tudo decidido. Anotados os menores detalhes. Era rezar para que três décadas não tivessem modificado tudo. Ou o pobre pintor não teria chance com sua teimosa namorada.

Em casa dos Haussen, em Gramado, eles contaram a aventura vivida. A mãe de Júlio prontificou-se a ajudar. Conhecia a família, parentes de D. Edite, que moravam agora na casa em que ela morara.

— Mas eu não acredito que possam ainda recuperar esta carta — disse ela. — Que mulher teimosa, hein?

— Eu nem sei por que ele a quer tanto — comentou Júlio, arregalando os olhos azuis muito expressivos.

Era uma velha casa, no estilo alemão, misturando alvenaria com traves de madeira pintadas de escuro. Estava tudo conservado. O jardim era bem cuidado.

Morava ali um casal de velhos, primos de D. Edite. Desde que ela e seu pai se mudaram para Lajeado, eles ocuparam a casa.

— E como vai Edite? — perguntou a velhinha, de cabelos brancos. — Nunca mais voltou, a pobre! Nós aqui envelhecemos, casamos os filhos, temos netos... Trinta anos são muito tempo!

O Segredo do Berilo Azul

Os meninos explicaram aos velhinhos o que buscavam.

— Seria muita sorte se ainda existisse a velha caixa de Correios — falou Marco. — D. Edite conta que o pai dela mudou a caixa no dia em que se mudaram, para que tudo ficasse em dia. A caixa era velha e comida de cupins. Ninguém pensou em examiná-la e a carta ficou lá dentro. Destruíram a caixa, talvez. Eu não acredito que ainda exista.

— Olha, meu filho, se ela existiu, ainda deve estar por aí. Nós não botamos nada fora. Venha comigo — convidou o velhote.

Enquanto a mãe de Júlio conversava com a dona da casa, os dois meninos acompanharam o homem até um grande celeiro.

Quando a grande porta abriu-se, eles se entreolharam e só não comentaram por uma questão de cortesia. Aquilo era um verdadeiro bricabraque! Tinha de tudo.

Os velhotes eram do tipo esquilo: nada se botava fora. Velhos arreios, do tempo em que se usava charrete com cavalo, ferramentas variadas, a maioria sem cabo, latas de todos os tamanhos, barricas de madeira, latas de tinta nos mais variados estados de conservação.

— Vai ser duro achar a caixa de correspondência por aqui — murmurou Júlio.

— Por uma boa causa! — sentenciou Marco suspirando.

Muitas horas e camadas de poeira depois, eles chegaram à parte mais antiga.

— Isso faria a delícia de uma feiticeira — troçou Júlio. — Olha só quanta teia de aranha, menino!

— Teia não é nada, imagina quanta moradora!

— Se o Marcelo estivesse aqui já estava vermelho de tanto espirrar, ele tem alergia a poeira — lembrou o irmão.

— Bico calado e procura, tá? Daqui a pouco a tia decide que já chega e nós vamos ter que ir.

A caixa não era bem a última coisa da pilha, mas estava por ali perto. Quando a avistaram, no seu formato típico, com a ranhura para as cartas, os dois atiraram-se a ela. Bateram com as cabeças, tal o ímpeto com que se lançaram.

— Ui! — gemeu Júlio. — Cabeça dura, hein?

— Abre duma vez e vamos ver se a gente acha alguma coisa — murmurou o primo, empolgado.

Trinta anos! Quando abriram a portinhola, encontraram um quadrado marrom. Mais poeira do que outra coisa. Um papel ressequido que quase se esfarelava na mão. Fora uma sorte a ranhura da caixa ser tão pequena que não permitira a passagem de um rato.

Com muito cuidado colocaram o envelope dentro de um saquinho plástico. Não se atreviam a abri-lo.

— Deve ser isso aí — concluiu Marco Aurélio. D. Edite é quem deve abri-lo e ler.

O Segredo do Berilo Azul

Capítulo 9

— **U**m autêntico milagre! — murmurou D. Edite ao receber aquela correspondência atrasada de trinta anos.

A turma ficou em silêncio enquanto ela tomava conhecimento da missiva. Com lágrimas nos olhos, ela os fitou.

— Obrigada, meninos, não sei como agradecer tanta dedicação a uma velha como eu.

— A senhora não é velha, professora — protestou Heloísa.

— Podemos trazê-lo agora? — perguntou Marco, muito aflito.

— Vocês estão loucos? — gritou Berta. — Nada disso. Quem esperou trinta anos pode muito bem esperar mais um dia. Eu e Heloísa vamos ajudar D. Edite a arrumar-se e arrumar a casa para esperar o noivo.

— Noivo... — Edite ficou rosada.

— Sim, senhora, ele já vem aí de alianças e calendário para marcarem a data. E nós vamos assistir à cerimônia. Vamos ser seus padrinhos e madrinhas — falou Heloísa embalada.

O Segredo do Berilo Azul

Do lado do namorado foi outra dificuldade. Ele não queria esperar. Os meninos trataram de consolá-lo e fazê-lo arrumar-se.

— Precisa apresentar-se dignamente, companheiro. Corte o cabelo, tome banho com um sabonete cheiroso, vista a sua melhor roupa — aconselhou Rodrigo.

— Cortou as unhas? — insistiu Gustavo. — D. Edite é muito rigorosa com as unhas.

— Mas ele não é aluno dela — protestou Rodrigo, rindo.

— Mas está tão envergonhado como se fosse — comentou Marcelo, comendo bananas furiosamente.

O horário marcado foi de três horas da tarde. Acompanhado pelos meninos, o romântico pintor de letreiros apresentou-se na porta da antiga namorada. Na mão, um ramo de rosas vermelhas (detalhe indicado por Heloísa, que era muito entendida em linguagem de flores).

— Não sei como vou falar com ela, meninos — murmurou ele num súbito nervosismo.

— Na hora as palavras aparecem — disse Marco tocando com energia a campainha.

Heloísa apareceu e fez o pretendente entrar. Puxando rapidamente Berta pela mão, ela saiu à rua e puxou a porta.

— Mas nós não vamos entrar? — protestou Júlio. — Eu queria ver o encontro dos dois!

— Nada disso, seu indiscreto! Eles que se entendam. D. Edite está uma lindeza! Berta e eu arrumamos seu cabelo e ajudamos na maquilagem. Ela botou um vestido bem bonito e o broche de água-marinha que ele lhe deu.

Saíram à rua em busca de uma sorveteria. Um sorvete era o ideal para brindarem o caso que terminava.

O Grande Detetive, com seu livro embaixo do braço, aproximava-se. Assim que os viu, fez a sua pose costumeira:

— Como vai o caso, amigão? — perguntou Marco Aurélio piscando o olho para os outros.

— Estou na pista certa — disse o menino. — Encontrei o local onde o nosso pichador comprou os pincéis. E eles me disseram que ele fuma cachimbo. Em breve acabo dando com ele. E vocês, como vão indo?

A tentação foi forte demais. Eles não podiam deixar passar a oportunidade:

— Pois o nosso caso está terminado. Nós descobrimos quem era o pichador, já solucionamos o problema e ele vai casar-se em breve com a professora Edite, por quem está apaixonado há mais de trinta anos — disse o Falcão Encrenqueiro.

— Mas quem é ele? — disse o Grande Detetive, espantado.

— Quem mais podia ser? O nosso tio Oto, é claro!

*   *   *

Foi-se o período do Natal. As férias na praia iam adiantadas quando os Falcões receberam o convite para o casamento de Oto e Edite. Com a maior alegria, eles vieram até Lajeado assistir à cerimônia.

— Vocês não se sentem um pouco cupidos? — confidenciou Heloísa, emocionada, enxugando uma lágrima.

Ao som da Marcha Nupcial, o casal já idoso, mas muito feliz, deixou a igreja de braços dados. Os cumprimentos dos amigos, à porta do templo, os Falcões numa animação enorme, batendo nas costas de tio Oto.

— Feliz, seu pintor de paredes? — perguntou Júlio, gaiato.

*

*   *

Posfácio[1]

Leonardo Nahoum

Não poucas vezes, em nossas buscas de livros da Coleção *Mister Olho* pelos sebos virtuais da vida, vimos postagens de outros colecionadores a respeito do título *O Segredo do Berilo Azul*, da série *O Clube do Falcão Dourado*, criação da gaúcha Gladis que nunca chegou a ser publicado na época, apesar de listado aqui e ali pela editora (daí as buscas infrutíferas de tantos fãs desavisados ao longo das últimas décadas). Com a campanha de financiamento de nosso trabalho *Livros de bolso infantis em plena ditadura militar*, em 2022, o elusivo *Berilo* finalmente entrou em produção, junto com outros originais inéditos que resgatamos em nossas pesquisas no agora inacessível arquivo da Tecnoprint (terceirizado e desmobilizado em maio de 2022). Fiquem na torcida: a ideia é editar a maior parte desses tesouros quase desaparecidos (entre eles, outros de Gladis), contribuindo tanto para as memórias leitoras afetivas de todos quanto para uma melhor compreensão da produção literária infantojuvenil de nosso país em anos de ditadura militar.

---

1 Trechos deste posfácio aproveitam partes da tese de doutorado *Mister Olho: de olhos abertos... ou será que não? Uma análise crítica da coleção infantojuvenil Mister Olho e de seus autores à luz (ou sombra...) da ditadura militar* (2019), que aparecem no volume *Livros de bolso infantis em plena ditadura militar* (2022, AVEC Editora).

Gladis N. Stumpf González: *incipientes pautas feministas e valorização da cultura gaúcha ante estereotipias sudestinas*

> Sobretudo, é preciso agradecer ao Criador *e dizer da saudade de minha mãe, Gladis N. S. González.* (GONZÁLEZ, 2002, p. 4. Grifo nosso.)

Escritora responsável pela terceira maior obra da *Mister Olho* e uma das mais negligenciadas pela memória acadêmica nacional, as aventuras de mistério de Gladis Normélia Stumpf González, natural de Porto Alegre, nascida em 22 de abril de 1940, filha de Pedro Amandio Stumpf e Maria Orminda Stumpf, deixaram saudades tão profundas em seus leitores quanto a que seu filho Marco Aurélio registrou ao final dos agradecimentos de sua tese de doutorado em engenharia, de 2002, que reproduzimos acima. Falecida precocemente perto de completar 54 anos (mesma idade de Ganymédes José), em 17 de janeiro de 1994, Gladis (como constava simplesmente na capa de seus livros, ideia provavelmente da editora, para evitar que os sobrenomes "Stumpf" e "González" sugerissem autorias estrangeiras em um momento no qual se queria valorizar o nacional), apesar de afastada da literatura já havia 15 anos, deixava um legado de nada menos que 32 livros publicados na *Mister Olho* (mais o livro de estreia *Mestre Gato e outros bichos*, na Coleção *Calouro*), com tiragem total de 248.298 exemplares (e outros 67.000 em reedições fora do recorte temporal do *corpus*), além de alguns originais ainda mantidos inéditos.

Apesar desta expressiva contribuição, bem como da ainda incomum ousadia da protagonista feminina juvenil da série *Gisela e Prisco*, a produção circunscrita à editora de Bonsucesso fez com que Gladis fosse ignorada por obras de referência importantes para o gênero, como o segundo volume da *Bibliografia Analítica da Literatura Infantil e Juvenil Publicada no Brasil*, que cobre o período entre 1975 e 1978 (quando saem 27 de seus trabalhos!), e o *Dicionário Crítico da Literatura Infantil e Juvenil Brasileira* (2006), de Nelly Novaes Coelho, no qual não há linha sequer sobre a escritora gaúcha. O pequeno texto biográfico a seguir faz parte de um currículo *post mortem* organizado por seu filho Rodrigo Stumpf González em 25 de maio de 1994, a quem entrevistamos por *e-mail* em 6 de abril de 2015.

> Natural de Porto Alegre, a autora foi casada e teve três filhos, Marco Aurélio, nascido em 1964, Rodrigo, nascido em 1965 e Ana Lúcia, nascida em 1979.
>
> Após atuar como psicóloga infantil durante alguns anos em Porto Alegre, em 1975 a autora mudou-se para São Jerônimo, onde seu marido, Alberto, assumiu o cargo de juiz de direito. Com a dificuldade de continuar a dedicar-se à psicologia, com as constantes mudanças que a carreira de juiz obrigava, passou a escrever, sendo o primeiro livro, *Mestre Gato e outros bichos*, uma coletânea de contos infantis tradicionais na cultura gaúcha.
>
> A partir daí criou três séries de personagens: *Gisela*, uma adolescente cujas histórias se passam em Porto Alegre; o *Clube do Falcão Dourado*, cujos personagens principais, Marco Aurélio e Rodrigo, são livremente inspirados nos dois primeiros filhos, com histórias desenvolvendo-se no interior do Rio Grande do Sul; e *Chico e Faísca*, com histórias ambientadas em uma estância no interior.
>
> A inspiração das histórias e os ambientes foram largamente influenciados pela vivência da família no interior do estado, em cidades como São Jerônimo, Butiá, Palmeira das Missões e Osório, que levou a histórias como *O Segredo da Lagoa* (Osório) ou *O Segredo do Porto do Conde* (localidade próxima de São Jerônimo).
>
> [Gladis] sempre considerou importante resgatar o Rio Grande do Sul dentro da literatura infantojuvenil brasileira, que na época era dominada por autores do centro do país.

Seus últimos livros datam de 1979. Embora não gostasse de referir-se ao assunto, a causa mais forte desta retirada [da literatura] teria sido a desavença com a Editora Tecnoprint, pois quando foi convidada a participar de uma tarde de autógrafos na Feira do Livro Infantil, em 1980, promovida pela Biblioteca Infantil Lucília Minsen, [de Porto Alegre,] a editora não forneceu os livros devido à obrigatoriedade de fornecer desconto na feira. Como o contrato de cessão de direitos autorais incluía os personagens, [Gladis] não poderia continuar a escrever com os mesmos personagens para outras editoras.

Voltando a morar em Porto Alegre a partir de 1984, Gladis passou a dedicar-se às artes plásticas, sendo a técnica que mais utilizava o óleo sobre tela, com pincel ou espátula. Realizou algumas exposições em Porto Alegre e no interior. Ultimamente, estudava técnicas em aquarela. Tencionava retornar à área da literatura, realizando mestrado em estudos francófonos, sendo sua proposta o estudo comparativo entre a literatura infantojuvenil francesa e a brasileira. A saúde abalada e sua morte prematura impediram esta realização. (GONZÁLEZ, 1994, p. 4)

Professora normalista e psicóloga formada em 1970 pela Pontifícia Universidade Católica do Rio Grande do Sul, Gladis trabalha (além de manter consultório particular em Porto Alegre entre março de 1970 e setembro de 1974) em diversas escolas da capital,[2] época em que se veria envolvida com a proposta da Ediouro de «recrutar» professores de todo o país para a causa da promoção da leitura (por meio do oferecimento de jornais literários às diferentes classes e idades de alunos, além, claro, dos próprios livros de coleções como a *Calouro* e a *Mister Olho*).

---

2 Como psicóloga, sempre em Porto Alegre, atua no Ginásio Evangélico Pastor Dohms, de 1 de março de 1973 a 15 de julho de 1975; na Escola do Salvador, de 28 de março de 1973 a 31 de julho de 1975; no Colégio Vera Cruz, de 1 de abril de 1973 a 31 de julho de 1975; no Ginásio da Paz, de 13 de agosto de 1973 a 31 de julho de 1975; e, como professora contratada, na Escola Normal da Prefeitura Municipal de São Jerônimo, de 15 de março de 1976 a 6 de abril de 1976.

Como psicóloga, atuando em escolas da rede privada em Porto Alegre, ela ajudou a distribuir o material da Ediouro, que publicava um jornal com divulgação dos livros, para distribuição aos alunos e professores das escolas. Os alunos e seus pais escolhiam os livros e a escola fazia uma compra coletiva. Em 1975 nós deixamos Porto Alegre, quando meu pai foi aprovado para o concurso de Juiz de Direito. Como nos mudávamos muito frequentemente de cidade, minha mãe decidiu começar a escrever, ao invés de continuar seu trabalho como psicóloga. Fez contato com a Tecnoprint (nome real da Ediouro), que ela conhecia pelos jornais de divulgação e enviou a proposta de um livro de contos infantis (*Mestre Gato*) que foi publicado. A partir daí continuou a relação com eles. (GONZÁLEZ, 2015, p. 1)

Mesmo depois dos primeiros livros publicados – a *Mestre Gato e outros bichos*,[3] de 1976 (ver Figura 2), se seguem logo os dois primeiros títulos de *Gisela e Prisco* –, Gladis não parece ter se visto realmente como escritora e nem procurado um maior contato com o meio, seja buscando uma aproximação com outras editoras ou com colegas de pena.

Não temos nenhuma correspondência guardada. Minha mãe não tinha contato com outros autores e os contatos com a editora eram esporádicos. Fez uma visita pessoal uma vez. (GONZÁLEZ, 2015, p. 1)

Até sua (pouca) preocupação com o próprio acervo indica uma atividade literária mais incidental do que propriamente com ares de projeto (como a que se constata do exame dos papéis, vida e obra de Ganymédes José): "Os originais foram destruídos depois de publicados. Talvez os não publicados existam, mas seria necessário localizar" (GONZÁLEZ, 2015, p. 1).

---

3 Capa e ilustrações internas de Baron.

Figura 2 - *Mestre Gato e outros bichos* (1976), livro de estreia de Gladis na Ediouro

Gladis parece, portanto, ter pago um alto preço (esse da hoje quase invisibilidade) ao não se preocupar com esse lado do sistema de que fazia parte; embora tenha havido produção e seus textos tenham circulado (pensamos aqui no conceito de Antonio Candido), Gladis nunca chegou verdadeiramente a fazer parte da comunidade literária da época – quando tal cenário começava a mudar (com sua indicação como escritora homenageada da Feira do Livro Infantil de Porto Alegre, em outubro de 1980), sobreveio a crise com a Ediouro – "A editora se recusou a fornecer livros com desconto de 20%, uma exigência da feira. Isto levou a uma tarde de autógrafos sem livros disponíveis." (GONZÁLEZ, 2015, p. 1) – e o abandono de seu trabalho como escritora.

Indagado sobre o processo de produção das histórias (Figura 1), se, por exemplo, a autora recebia em algum momento orientações sobre como produzir as obras, guias, manuais com diretrizes, fosse por conta do público-alvo (faixa etária) ou pelo momento político (regime militar), diz Rodrigo González lembrar-se de que

> no primeiro número da série *Gisela* houve a sugestão de mudanças (na primeira versão, a vítima morria de forma violenta; na versão publicada, a personagem descobria que ela morreu em um hospital). Mas as histórias não discutiam um contexto político e não lembro da editora fazer qualquer sugestão de mudança em relação a isto. [Lembro que ela] também recebeu da editora algumas traduções de Franklin W. Dixon, autor (...) dos *Hardy Boys*, que a editora Abril já havia publicado na época. (GONZÁLEZ, 2015, p. 1)

Sobre as influências de Gladis como autora dos livros policiais da *Mister Olho*, e sobre algum possível projeto ideológico, filosófico ou político que pudesse ter norteado suas obras, a família explica que

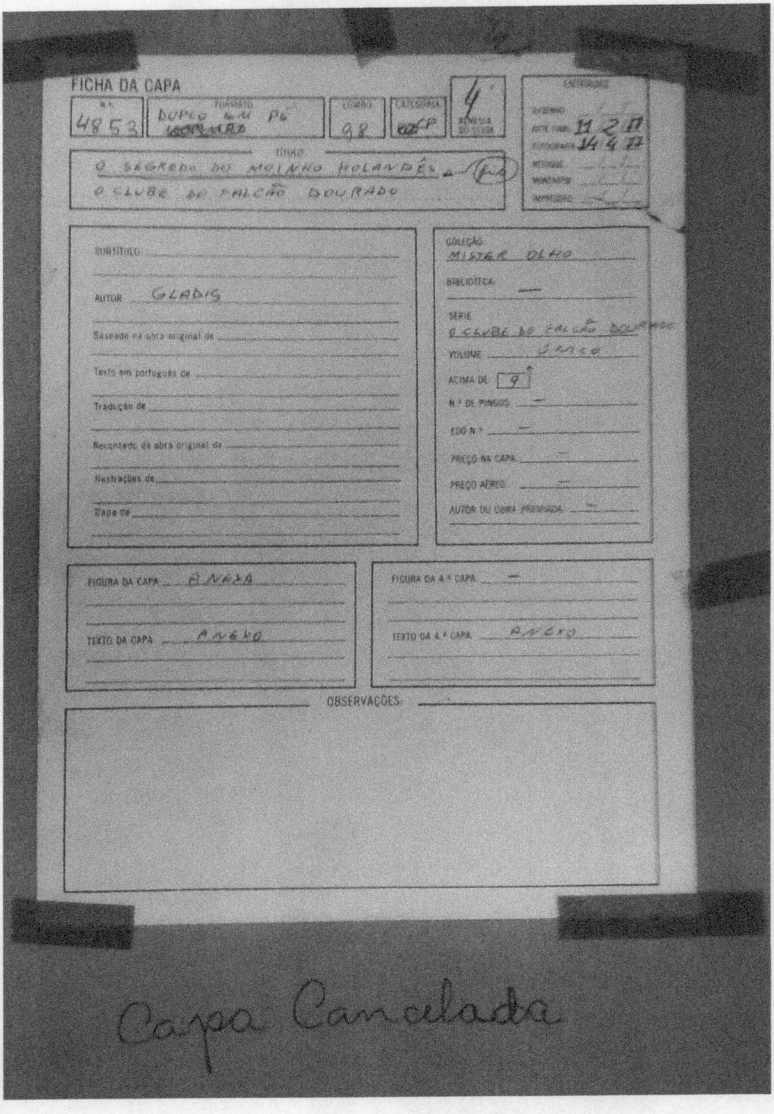

Figura 1 - Ficha de produção de *O Segredo do Moinho Holandês* (1977), da série
O Clube do Falcão Dourado

Ela lia muito romances de Agatha Christie, Earl Stanley Gardner (Perry Mason), Rex Stout (Nero Wolfe), colecionava a *Coleção Vampiro*, de Portugal, de literatura policial, e o *Mistery Magazine de Ellery Queen*. Tínhamos uma boa biblioteca, que incluía clássicos da literatura. (...) Como era ela psicóloga, com especialização em psicologia infantil, isto também contribuiu no desenvolvimento dos personagens e em uma preocupação, em parte, de base moral nas histórias. Os livros não eram apenas entretenimento, mas também parte da formação dos jovens que os liam. (...) [Portanto,] uma preocupação [dela] com os livros era que ajudassem em uma formação moral que permitisse uma distinção entre certo e errado. Os personagens das histórias sempre estão conscientes deste limite. Não são violentos, respeitam as pessoas e os maus sofrem alguma forma de punição justa ao final. Algo pouco comum, nos dias de hoje, onde a violência é vista como uma solução aceitável para os problemas. (GONZÁLEZ, 2015, p. 1)

É Rodrigo González, finalmente, quem responde à nossa pergunta sobre liberdade de expressão e sobre se este tema alguma vez fez parte das conversas da escritora com o marido ou com os filhos que, conforme frisa Rodrigo, eram sempre seus primeiros leitores: "meu irmão e eu líamos os originais à medida em que eram escritos. Assim temos consciência de diferenças entre a produção original e a publicada. Em geral, as modificações eram pequenas" (GONZÁLEZ, 2015, p. 1).

[Liberdade de expressão] não era uma questão muito importante em nossas discussões nos anos 70. *Tínhamos a consciência que vivíamos em um governo que restringia as formas de expressão e o fato de que meu pai é um imigrante espanhol que se naturalizou brasileiro e tornou-se juiz de direito era uma preocupação para não haver envolvimentos mais direto[s] com questões políticas. A posição poderia ser definida como pró-direitos humanos mas não radical. Meus* avós maternos tinham posições conservadoras e meus avós paternos nunca viveram no Brasil.

Eu fui militante do movimento estudantil nos anos 80 (esquerda não petista) e me tornei cientista político. Não tive problemas com a família por minha militância (fui candidato a presidente do grêmio estudantil no segundo grau – 1982 e 1983 – e a presidente do Centro Acadêmico na faculdade em 1985, 1986, 1987. Estive em congressos da UNE e UEE nos anos 80).

O resto da família nunca teve grandes laços com questões políticas. (GONZÁLEZ, 2015, p. 1)

O *status* do marido de Gladis, imigrante naturalizado, suscitava, pelo visto, o mesmo cuidado e apreensão velada que a nacionalidade portuguesa de Hélio do Soveral; e explica em parte o porquê dos livros da autora, seja em *Gisela e Prisco*, em *O Clube do Falcão Dourado* ou em *Chico e Faísca*, possuírem tão poucas inflexões mais críticas ou de cunho contestatório ou social (como os muitos exemplos passíveis de resgate em outras séries da *Mister Olho*, como *A Inspetora* e *Dico e Alice*).

De toda forma, as criações da gaúcha Gladis marcaram época, participando do imaginário e da formação literária (e também moral, como disse seu filho Rodrigo) de centenas de milhares de leitores brasileiros nas décadas de 1970 e 1980, além de terem contribuído para uma paleta de cores mais diversificadas na literatura infantojuvenil nacional. Como "a editora devolveu os direitos autorais aos herdeiros em 2012" (GONZÁLEZ, 2015, p. 1), havia boas chances de que seus livros fossem reeditados num futuro próximo e que o público pudesse finalmente ler os quatro episódios que ficaram inéditos para duas de suas séries. Este volume pela Avec Editora é prova disso.

Além dos trabalhos infantojuvenis, Gladis, em 1977, "submeteu [à Ediouro] dois originais de histórias com trama policial, mas destinadas a adultos, que a editora não teve interesse [de publicar]" (GONZÁLEZ, 2015, p. 1). Os datiloscritos, de nome *Um Enigma na Mansão Italiana* e *Um Enigma em Alto-Mar*, permanecem desconhecidos e (se sobreviveram) ainda não foram localizados pela família, apesar de nossos clamores e tentativas.

O Clube do Falcão Dourado: *os filhos, os pampas e a vida itinerante como inspiração*

Versão de Gladis para outras turmas de crianças detetives (como a Patota da Inspetora e a Turma do Posto Quatro) que já faziam sucesso na *Mister Olho*, o *Clube do Falcão Dourado* (Figura 3), em termos de ambientação, está a meio caminho de *Gisela e Prisco* (que se passa na capital Porto Alegre) e *Chico e Faísca* (cujas histórias se dão em uma fazenda): os enigmas resolvidos pelos irmãos e primos (para os quais Gladis aproveita os nomes dos filhos Rodrigo e Marco Aurélio), com direito a um elemento externo negro, Tição, que tem papel semelhante ao de Bortolina e de Pavio Apagado nas criações de Ganymédes José e Hélio do Soveral, tem como cenário uma cidade pe-quena, de "ruas de terra batida (...) [onde] estranhavam um pouco, vindos da capital, (...) as pessoas que passavam e [os] cumprimentavam, alegres" (GONZÁLEZ, 1976, p. 23), mesmo sendo eles ainda completos desconhecidos recém-chegados. O mote do clube é claramente o de promover o bem social, nas mesmas linhas de Goiabinha e seus amigos circenses ou dos cariocas da Turma do Posto Quatro. Como diz o personagem Marcelo no episódio de estreia *O Segredo do Torreão*, "o clube deve procurar descobrir mistérios e *ajudar quem estiver em apuros*" (GONZÁLEZ, 1976, p. 22. Grifo nosso).

Há até um emblema, semelhante à coruja de papelão da *Inspetora*, para alinhar ainda mais as expectativas do público leitor.

O Segredo do Berilo Azul

Figura 3 - *O Segredo do Torreão* (1976)

– Vamos aproveitar a presença do Tição, o novo membro do clube, para distribuir os emblemas de sócios. Como se adivinhando, eu fiz um a mais, se acaso alguém perdesse. Agora fica para ele.

Cerimoniosa, ela distribuiu para cada um a figura de um Falcão pintado em amarelo-ouro. Montado num alfinete de segurança, o emblema podia ser colocado na gola ou na blusa. (GONZÁLEZ, 1976, p. 94).

A preocupação com a caracterização e descrição regional é menor do que a vista em *Chico e Faísca*, mas há mais intertextualidade com o gênero policial e referências mais explícitas ao cânone literário capitaneado por Sherlock Holmes. As crianças, via de regra, são respeitadoras dos valores sociais e da autoridade dos adultos (quaisquer que sejam) e praticamente não há subtextos atribuíveis ao momento histórico da publicação (o regime militar). Como em *Gisela e Prisco*, Gladis não se desvia do objetivo de oferecer boas narrativas de leitura instigante e agradável, com boa caracterização, vocabulário acessível e alguns momentos espaçados de didatismo pedagógico.

A Ediouro, entre 1977 (apesar da data de 1976 no livro 1, a impressão é de janeiro de 1977) e 1979 (os dois últimos têm *copyright* de 1978, mas só saem mesmo no início do ano seguinte), publicou dez títulos da saga, com um total de 76.000 exemplares (Figura 4). São eles *O Segredo do Torreão* (1976), *O Segredo do Porto do Conde* (1977, *O Segredo do Moinho Holandês* (1977), *O Segredo da Coruja de Jade* (1977), *O Segredo da Lagoa* (1977), *O Segredo do Navio Encalhado* (1977), *O Segredo do Cerro da Raposa* (1978), *O Segredo do Casarão Abandonado* (1978), *O Segredo do Barba-Negra* (1978) e *O Segredo do Valete de Copas* (1978). Estão incluídos nesse número duas edições (as originais) em formato Duplo em Pé para os livros 2 e 3 e uma reimpressão (de 1979) para *O Segredo do Casarão Abandonado*. Todos os livros tiveram capas de Noguchi, sempre creditadas, e ilustrações internas de Teixeira Mendes. A indicação de faixa etária, *a partir de 9 anos*, muda para *11 anos*

O Segredo do Berilo Azul

no episódio 8, quando o *design* é modificado pela segunda vez (com a adoção de títulos em caixa alta e caixa baixa); a primeira se deu com a mudança no logo da série, que incorporou o dizer "O Clube do Falcão Dourado" a partir do livro 4.

Infelizmente, os Falcões não foram além de sua existência na *Mister Olho* – a diretoria da editora, em agosto de 1984, optou por não re-editar a série (Figura 5). Uma décima primeira aventura, *O Segredo do Berilo Azul* (1979; ver Figura 10), chegou a ser anunciada – ela aparece na lista ao final da reedição de ...*Casarão Abandonado* (Figura 7) – e ganhou inclusive capa, arte final e ilustrações (Figuras 6, 8 e 9), mas acabou não sendo lançada na época. Durante nossa pesquisa, descobrimos ainda um décimo segundo episódio (Figuras 11 e 12), igualmente inédito, que era mesmo ignorado pela família da escritora: *O Segredo da Caravana sem Rumo* (1978). Em breve, aqui pela Avec...

Figura 4 - Prova de capa de *O Segredo do Navio Encalhado*, com informações de data e tiragem

Figura 5 - Nota da diretoria sobre cancelamento da série

CLUBE DO FALCÃO DOURADO

DÉCIMA PRIMEIRA AVENTURA

O SEGREDO DO BERILO AZUL

CAPÍTULO UM

— O carteiro passou e deixou uma carta na nossa caixa! — a-nunciou a voz de apregoador de Heloísa.

Foi uma corrida: Todos queriam chegar em primeiro lugar. A-final, novidades eram raras no momento, eles ansiavam por qual-quer coisa.

— De quem será ? — conjeturava Júlio examinando o envelope branco cheio de carimbos.

— Olha o remetente — aconselhou Marcela.

— Não tem. O fulano esqueceu. De quem será?

— Enquanto não abrirem, a gente não vai saber! — reclamou Marco Aurélio, inpaciente.

Júlio espiou contra a luz o envelope e rasgou a beiradinha. O grupo estava tão cerrado, que ele reclamou que estava sem ar.

— Lê e deixa de reclamações, senão tu já vais ver ficar sem ar— explodiu Heloísa.

Pausadamente, que ele não era da se atucanar, Júlio foi len do. Era uma carta do primo Gustavo, de Lajeado. Aliás, ele não e ra bem primo, a mãe dele é que era uma prima meio longe.

À medida que Júlio lia, a turma foi ficando em silêncio. Os olhos corriam de uns para os outros e mil idéias começavam a sur gir.

A carta de Gustavo contava uma coisa sensacional : em Lajea do, onde ele morava, estavam acontecendo coisas estranhas. Há ag is de um mês que os muros apareciam pixados. E diziam sempre a mesma coisa.

"Há sempre uma frase - dizia ele na carta - e isto já está deixando todo mundo louco. Diz: FLOSI É MINHA NAMORADA". E acon tece que a diretora de um dos nossos melhores colégios se chama Edite Flosi Smith. E a única mulher na cidade com esse nome. Va-

Figura 10 - Detalhe da página inicial do datiloscrito de *O Segredo do Berilo Azul* (1978)

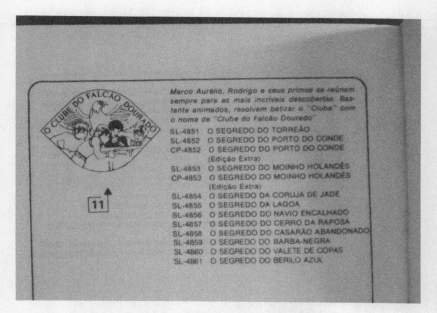

Figura 7- Anúncio do livro inédito *O Segredo do Berilo Azul* (1978)

Figura 8 - Arte de capa inédita de Noguchi para *O Segredo do Berilo Azul* (1978)

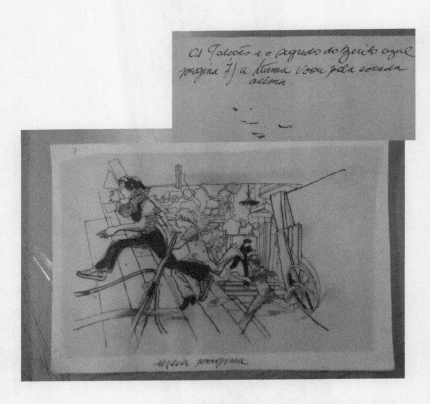

Figura 6 - Arte inédita de Teixeira Mendes para *O Segredo do Berilo Azul* (1978); inclui detalhe do verso com descrição

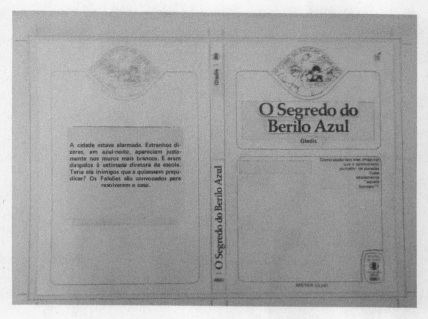

Figura 9 - Arte-final da capa de *O Segredo do Berilo Azul* (1978)

Figura 12 - Arte-final de *O Segredo da Caravana sem Rumo* (1978)

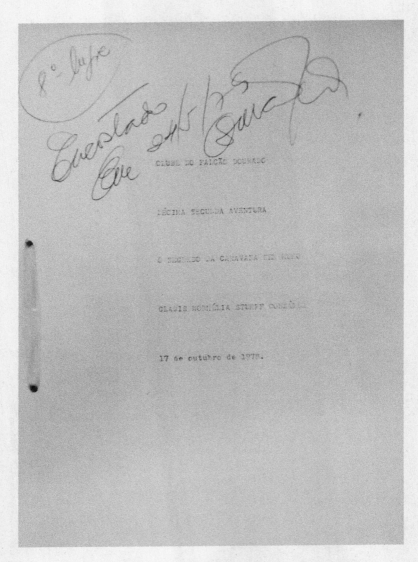

Figura 11 - Folha de rosto de *O Segredo da Caravana sem Rumo* (1978)

O Segredo do Berilo Azul: *pedras preciosas, viagens, deduções, cartas perdidas e histórias de amor*

Nesta que deveria ter sido, na época, a décima primeira aventura dos Falcões Dourados, Gladis expande o cânone levando os meninos até uma nova cidade, Lajeado, e introduzindo novos personagens, como os primos Gustavo e Berta e outros tios (Brunhilde, Willi e Oto). Como de costume, a aventura serve para apresentar detalhes e informações sobre a cultura e a geografia da região, como por exemplo quando o narrador explica que

> Lajeado é cidade de colonização alemã. E o povo conserva o hábito de falar o alemão misturado ao português. Ensina-se, inclusive, as crianças desde pequenas. Primeiro o alemão, que é o mais difícil. Quando se aproxima a idade escolar, fala-se o português. (GLADIS, 1978, p. 15)

Os trechos em que a autora discorre sobre a atividade de Willi e Oto, especialistas na fabricação de joias preciosas, são outro bom momento paradidático do livro. Já o mistério envolvendo a antiga história de Oto e Flosi, com direito a cartas extraviadas, talvez soe hoje um pouco exagerado no que diz respeito à moral envolvida e às suas consequências (a diretora, consternada pelas pichações que supostamente ferem sua honra por chamá-la de "namorada", pensa mesmo em se mudar de cidade). Mas provavelmente não estaria deslocado no tempo de sua publicação. Além disso, a disputa entre os Falcões e o menino-detetive introduzido é interessante para que o leitor possa contrapor e comparar os diferentes métodos de investigação.

Para nossa sorte, sobreviveram nos arquivos da Ediouro vários documentos de preparação do livro inédito, como fichas de produção (Figura 13), artes-finais, textos para *splashes* (Figura 14) e todas as ilustrações de Teixeira Mendes para a aventura (Figuras 15, 16, 17, 18, 19, 20 e 21).

É um imenso prazer trazer a público mais essa aventura dos meninos e meninas do Clube do Falcão Dourado, exemplos ainda hoje de companheirismo, perspicácia, curiosidade saudável e excelente diversão literária repleta de valores atemporais.

Maricá, janeiro de 2023;
e São Paulo, janeiro de 2024

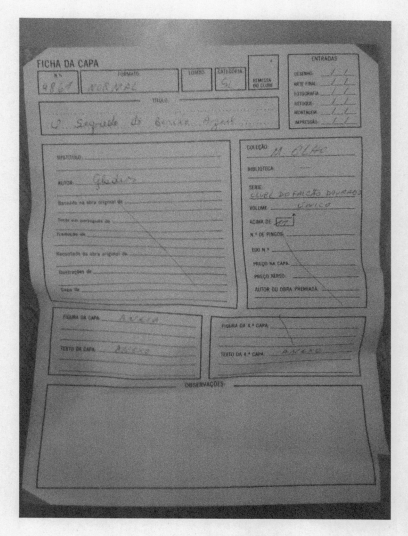

Figura 13 – Ficha de produção de O Segredo do Berilo Azul

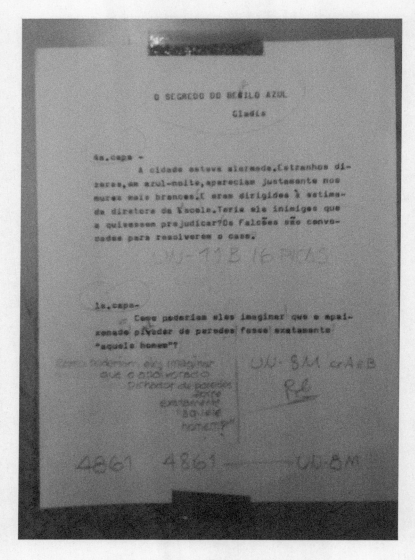

Figura 14 – Textos originais para capa e contracapa

Figura 15 – Ilustração inédita de Teixeira Mendes para cena da página 2 de
O Segredo do Berilo Azul

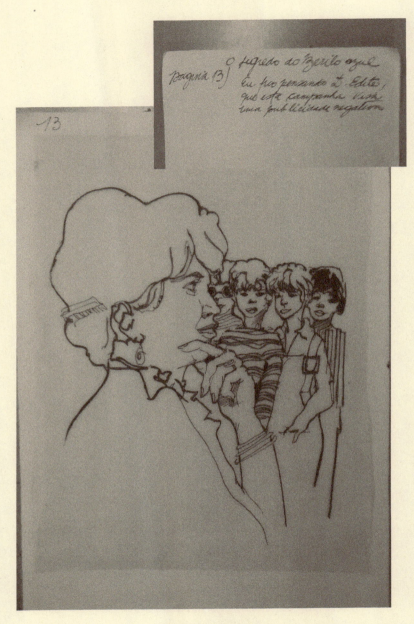

Figura 16 – Ilustração inédita de Teixeira Mendes para cena da página 13 de *O Segredo do Berilo Azul*; inclui detalhe do verso com descrição

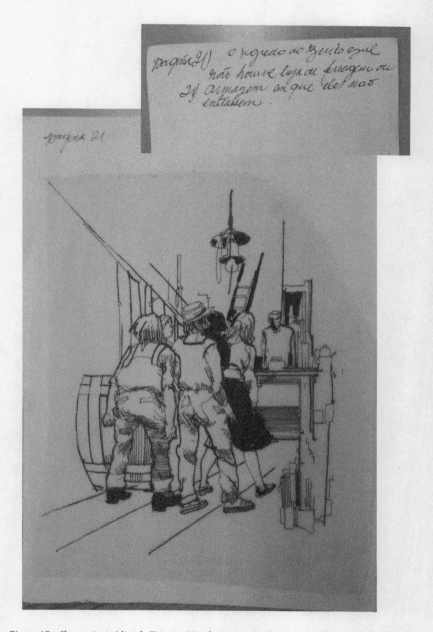

Figura 17 – Ilustração inédita de Teixeira Mendes para cena da página 21 de *O Segredo do Berilo Azul*; inclui detalhe do verso com descrição

Figura 18 – Ilustração inédita de Teixeira Mendes para cena da página 28 de *O Segredo do Berilo Azul*; inclui detalhe do verso com descrição

Figura 19 – Ilustração inédita de Teixeira Mendes para cena da página 34 de *O Segredo do Berilo Azul*; inclui detalhe do verso com descrição

Figura 20 – Ilustração inédita de Teixeira Mendes para cena da página 40 de *O Segredo do Berilo Azul*; inclui detalhe do verso com descrição

Figura 21 – Ilustração inédita de Teixeira Mendes para cena da página 45 de *O Segredo do Berilo Azul*; inclui detalhe do verso com descrição

REFERÊNCIAS

GONZÁLEZ, Gladis Normélia Stumpf. **O Segredo do Torreão.** Rio de Janeiro: Tecnoprint, 1976.

_____. **O Segredo do Berilo Azul.** Rio de Janeiro: Tecnoprint, 1978. Manuscrito inédito.

GONZÁLEZ, Rodrigo Stumpf. **Currículo de Gladis Normélia Stumpf González.** 25 mai 1994. 4 f.

_____. **Entrevista por e-mail ao autor.** 6 abril 2015.

GONZÁLEZ, Marco Aurélio Stumpf. **Aplicação de técnicas de descobrimento de conhecimento em bases de dados e de inteligência artificial em avaliação de imóveis.** Porto Alegre: PPGEC/UFRGS, 2002. Tese de Doutorado.

NAHOUM, Leonardo. **Livros de bolso infantis em plena ditadura militar: a insuperável Coleção _Mister Olho_ (1973-1979) em números, perfis e análises.** Porto Alegre: AVEC Editora, 2022.

SOBRE A ORGANIZAÇÃO
E EDIÇÃO DOS ORIGINAIS

As artes-finais de *O Segredo do Berilo Azul*, encontradas durante nossas pesquisas de mestrado e doutorado, bem como as ilustrações de Teixeira Mendes e de Noguchi, não incluíam a fotocomposição dos originais de Gladis; nosso trabalho, portanto, baseou-se em cópia do datiloscrito original da autora (isto é, anterior a quaisquer edições ou copidesque da Ediouro) presente nos antigos arquivos de Bonsucesso. Embora o datiloscrito termine de maneira satisfatória, após toda trama resolvida, é possível que uma última página tenha se perdido, já que a lauda final nos arquivos da editora não se encerrava com o sinal datilográfico usual da escritora para fins de capítulo:

– / / / –

O livro, nesta edição da AVEC, ganhou prefácio do filho mais velho da autora, com quem tratamos esta publicação, um posfácio de nossa autoria, e ilustração de capa de Tibúrcio. A arte não aproveitada de Noguchi, porém, pode ser vislumbrada ao final do volume, em nosso texto sobre o *Berilo*, a série e sua autora, assim como inúmeros documentos do processo de produção original (bem como as belas pranchas inéditas do mestre Mendes).

SOBRE A AUTORA

Gladis Normélia Stumpf González (1940-1994), natural de Porto Alegre, foi professora, psicóloga infantil, esposa de Alberto, mãe de Marco Aurélio, Rodrigo e Ana Lúcia, e escritora responsável por três séries infantojuvenis publicadas entre 1975 e 1979 que até hoje encantam leitores de todas as idades: *Gisela e Prisco* (15 livros); *O Clube do Falcão Dourado* (10 livros, mais este que você tem em mãos, e um último a sair em breve); e *Chico e Faísca* (7 livros, mais dois ainda inéditos).

SOBRE O ORGANIZADOR

Leonardo Nahoum é professor de Língua Portuguesa e Literaturas nas redes municipais de Rio das Ostras e Silva Jardim, pós-doutorando e doutor em literatura comparada pela Universidade Federal Fluminense, mestre em estudos literários, jornalista e licenciado em Letras. Autor dos volumes *Livros de bolso infantis em plena ditadura militar* (AVEC, 2022) e *Histórias de Detetive para Crianças* (Eduff, 2017), da *Enciclopédia do Rock Progressivo* (Rock Symphony, 2005) e de *Tagmar* (primeiro *role-playing game* brasileiro; GSA, 1991), dirige, ainda, o selo musical Rock Symphony, com mais de 120 CDs e DVDs editados, e dedica-se a pesquisas no campo da literatura infantojuvenil de gênero (*genre*, não *gender*), com foco em escritores como Hélio do Soveral, Ganymédes José, Carlos Figueiredo e, claro, Gladis N. Stumpf González.